Chara

鏡よ鏡、お城に隠れているのは誰？

鏡よ鏡、毒リ
食べたのは誰

キャラ文庫

この作品はフィクションです。
実在の人物・団体・事件などにはいっさい関係ありません。

目次

口絵・本文イラスト／みずかねりょう

「……右、左、正面。イチ、ニッ、サン、のテンポでお願いします」

アシスタントディレクターの指示にうなずいて、瀬戸永利《せとえいり》は一定のテンポで軽く左右に首を振り、正面に顔を戻して見せた。

今回のＣＭの主役であるアルコール炭酸飲料の缶を、相棒のように掲げる。

「首振る時、こっち睨《にら》んでもらえますか。睨むっていうか、強い目線でこちらを見る感じで」

今度はディレクターの言葉を受けて、もう一度首を左右に振る。正面で一睨みすると、ディレクターは「アーッ、いいですねえ！」と、いささか大袈裟《おおげさ》に褒《ほ》めた。

合成用のグリーンバックを背景に、足元ではドライヤーのお化けのような送風機が風を吹き上げている。風が直接顔に当たるので、カメラを睨むと目が乾いて涙が出そうになった。

目がひとりでに潤むのを、気合で止める。

現代において根性論は疎まれがちだが、モデルや役者にはどうしたって根性は必要だと永利は思う。

それに、我慢は得意だ。表現力や演技力とかいう、曖昧《あいまい》な能力には自信が持てないが、忍耐力についてだけは、胸を張ることができる。

「缶、もう少し右に……そうです」

撮影は朝から小休止を挟んで、七時間以上に及んでいた。今日は晩春だというのに、真夏並みに気温が高く、スタジオ内は空調を利かせていてもなお暑い。

それでも永利は、涼しい顔をして照明のライトを浴びていた。それが役者で、モデルでもある瀬戸永利の矜持《きょうじ》だった。


昭和のスポ根、と永利を形容したのは、友人で後輩でもある人気タレントだった。愚直だとも言われた。あの時はムッとしたが、今はその通りかもしれないと思う。

自分は努力が好きだ。というか、常に頑張らねばならないという強迫観念がある。ただでさえ才能がないのだから、努力くらいしないと周りに呆《あき》れられてしまう。

そんな意識が常にあった。「売れっ子」と呼ばれる今になっても、そうした思いはつきまとう。

「本当にかっこよかったです。もう、すごく素敵で……すみません、語彙《ごい》がなくなっちゃって！」

頭のてっぺんから抜けるような高い声に内心慄《おのの》きながらも、「ありがとうございます」と、にこやかに応じる。

手放しに永利を褒める女性は、クライアントの担当者の一人だった。三十三歳の永利より、いくぶんか年上に見える。

今朝、スタジオ入りして初めて挨拶を交わした永利に、以前からのファンだと名乗った。仕事相手から、「ファンです」と言われることは少なくない。社交辞令も多分に含まれているが、彼女の興奮した口調と態度からして、ファンというのは本当なのだろう。

「さすがモデルさんですよね。すごいものを見せられたっていうか。俳優としての瀬戸さんも素晴らしいですけど、今日は本当に感動しました」

永利はそれに、「良かった」「ありがとうございます」と、はにかんだ微笑《ほほえ》みを浮かべながら丁寧に相槌《あいづち》を打つ。

もう一人、四十代くらいの男性担当者が女性の隣にいて、始終ニコニコしながらうなずいていた。

とりあえず、クライアントの担当者には満足してもらえたらしい。

撮影の終わりに、ディレクターからも「良かったですよ」と言ってもらえたので、ホッとしていた。

もっとも、その「良かった」が、予想以上の出来だったのか、まあまあ想定内だったのか、はたまた大した出来ではないが文句を言うほどではない社交辞令なのか、外面からはうかがえない。

人気が出るにつれ、周りの態度も変わっていく。

永利自身が今一つだと思う出来でも、過剰に褒められたりする。「今を時めく」人気俳優、人気モデルの瀬戸永利の機嫌を損ねないように、という打算もあるのだろう。

褒められても浮かれないように自分を戒めていたら、いつの間にか賛辞を素直に受け止められなくなった。

いったいいつからだろう。ここ一年や二年のことではない、もうずっと以前からだ。

「こちらこそ、今日はありがとうございました。すみません、ちょっとそろそろ……」

延々と続く賛辞を、微笑みを絶やさず聞いていたら、頃よくマネージャーの桶谷《おけたに》が脇から声を上げた。語尾を曖昧に濁して腕の時計を示す。

クライアント二人も察しよく、「あっ」と同時に声を上げた。

ありがとうございました、こちらこそ、ではまた……口々に言い合う。

ディレクターをはじめとする撮影スタッフ、広告代理店の担当者と、多様な人々に挨拶をしたり頭を下げたりしつつ、永利はマネージャーと共にスタジオを出た。

「お世辞じゃなくて、本当によかったですよ。永利君。ディレクターも褒めてたじゃないですか。そこは素直に受け止めましょうよ」

メイクを落とし、撮影スタジオを出て事務所の車に乗り込んだ後、今日の出来は本当はどうだったのか、桶谷に忌憚《きたん》のない意見を求めたら、やや呆れ気味にそう言われた。

この二つ年下のマネージャーは、若白髪に眼鏡の、一見おっとりした風貌をしているが、言葉を選びながらも言いたいことは言う。余計な忖度《そんたく》はしない。

それだけに、彼の言葉はすんなり永利の心に届いた。

「社交辞令かもしれないって、思っちゃうんだよ」

二人きりになって気が抜けたせいか、こちらも不貞腐《ふてくさ》れた声音になる。

今日の仕事はこれで終わりだ。もう行儀の良い好青年を演じなくてもいい。永利は後部座席に背中を預け、足を大きく投げ出した。

五月に入って日が長くなり、夕方の今も外はまだだいぶ明るい。

しかし、車の窓には薄いスモークフィルムを貼っていたし、道は渋滞もなくスムーズに流れている。永利のだらしない姿が往来の人の目に留まる心配はなかった。

「自分でもどうかと思うけどさ」

運転席の桶谷が、苦笑するように息を吐いたので、言い訳めいた言葉が口をついて出た。

「永利君らしいですけどね。普通は今くらいの時期だったら、有頂天で天狗《てんぐ》になっててもおかしくないですよ」

桶谷の口調は慰撫《いぶ》するようだったが、何とも微妙な慰めだ。

だが彼の言うとおり、今の永利は誰の目から見ても「売れている芸能人」で、人気俳優、人気モデルなのだろう。

キャリアだけ見ればその通りだ。

昨年、『二人の男』という写真集と、それにタイアップしたテレビの長時間ドラマが大ヒットした。

そのタイトルのとおり、主役は永利ともう一人、仲野昴也《なかのこうや》という新人俳優である。

白雪姫と継母《ままはは》の魔女をモチーフに、二人の男の対立を描いた物語で、国内外で名を馳《は》せる有名写真家、氏家紹惟《うじいえしょうい》が総指揮を執る一大プロジェクトだった。

永利にとって、これまでにないプレッシャーを背負わされた仕事で、撮影が終わった途端に体調を崩してしまい、一か月の休業を余儀なくされた。

制作中は心身ともに苦しかったが、出来上がった作品群は大成功を収めた。

主演を務めた永利は今まで以上に注目を集め、仕事のオファーも増えた。来年には大河の初主演が控えている。

すべての風が、永利を押し上げるように吹いている。何を憂うことがあるのだと、自分でも不思議に思う。

「大河がプレッシャーなんですかね」

「それもあるけど」

大河が決まった時、桶谷から「この一、二年が勝負ですね」と言われた。それを聞いた時、ずんと胸に重い石が乗ったような気がしたのは確かだ。

けれどそれだけではない。仕事の一つ一つがプレッシャーだ。もし失敗して失望させてしまったら、という不安が常にあった。

誰を失望させるのか。桶谷や仕事相手、友人知人、自分のファンだと言ってくれる人たち……様々な名前や顔が思い浮かぶが、その真ん中にはいつも決まった人物がいる。

「氏家先生の不遜《ふそん》さを、ちょっとでも分けてもらえたらいいんですけどね」

頭の中に思い浮かべていた人物の名前が出てきて、永利は我知らず桶谷に目をやった。

桶谷がバックミラー越しにこちらを窺《うかが》う。その目が心配そうだったので、永利は「大丈夫だよ」とつぶやいた。

「何も心配はない。ただ俺が一人でプレッシャー感じてるだけ」

そんな話をしている間に、車はいつの間にか都道を抜け、細く入り組んだ住宅街に差し掛かっていた。

表参道《おもてさんどう》の撮影スタジオから、白金台《しろかねだい》にある永利の今の自宅まで、車でほんの十五分ほどだ。他の撮影所やテレビ局にも近くてありがたい。

見慣れた風景を見て、反射的に「帰ってきた」と感じる。

さらに道を進むと、一面真っ白い壁に覆われたモダン建築が現れる。車は静かにその建物の前で停《と》まった。

永利はいつものように、後部座席で身体《からだ》を二つに折り、「ありがとうございました」と頭を下げる。桶谷が「お疲れさまでした」と、同じように頭を下げた。

それから桶谷は、助手席の鞄《かばん》から素早くタブレットを取り出し、スケジュールを呼び出した。

「それじゃあ、今日はゆっくり休んでください。明日、六日、火曜日。午前八時にこのご自宅まで迎えに参ります」

「朝の八時ね。了解です」

「午前中は『ひるパケ』のVTR録画、その後、同じ局内で『真夜中のジキル』の顔合わせです」

「……了解」

具体的な予定を聞いた途端、憂鬱な気分が胸の内に広がる。また桶谷を心配させるので、顔には出さないように努めた。

「じゃ、ありがとう。お疲れさまでした」

「お疲れさまでした」

「桶谷君も気をつけて帰って」

毎日かわす決まった別れの言葉を口にし合い、車を降りる。桶谷の車を見送って、永利は背後にそびえる白亜の自宅へと入った。

門扉をくぐり、中庭を抜けて木目調の玄関扉を開けると、白く静寂な世界が広がっていた。オフホワイトの三和土《たたき》に、玄関ホールはつるりとした白い床材が使われている。

余計な装飾はいっさいなく、木材でできた造り付けのシューズボックスが、殺風景な空間を唯一和ませていた。

殺伐《さつばつ》とモダンのギリギリの境目にあるこの家の内装は、家主の性格をよく表していると思う。無駄がなく合理的で、訪れた者が気後れするような迫力がある。それでいて時おり、ホッとするような、温《ぬく》もりのある建具や家具が絶妙なバランスで配置されていた。

永利は靴を脱ぐと、シューズボックスの上にある小箱を開いた。

それは家主が仕事でパリに行った折、クリニャンクールの蚤《のみ》の市《いち》で買ったアンティークの宝石箱だ。永利が引っ越してから、玄関先に置かれるようになった。

手の平に乗るくらい小さな箱の中には、指輪が入っている。永利はそれを左手の薬指にはめ、中に入った。

玄関から長い廊下を抜けると、最奥は吹き抜けのワンフロアになっている。リビングとダイニングキッチンで、以前は家主の仕事の事務所も兼ねていた。

学校の教室が二つは入るほどの広大なフロアに、かつては気後れしたものだ。

今は特に何も思わない。いや、この見慣れた光景とも間もなく別れるのかと思うと、感傷と物寂しさを覚える。

「おかえり」

不意に声をかけられ、どきりとした。顔を上げると、フロアの中央にある螺旋《らせん》階段のてっぺんに家主が立っていた。

「ただいま、紹惟」

返すと、男は別段急いだ風もなく、階段を下り始めた。

シャワーを浴びていたらしい。スウェットに上半身は裸で、少し癖のある髪は濡《ぬ》れていた。首にはタオルを巻いている。

気の抜けた格好なのに、見惚《みと》れる美しさと迫力がこの男にはあった。

ショーモデルでもできそうな長身に、バランスの取れた肢体、筋肉が無駄なく隙《すき》もなく付いている。

顔立ちは精緻《せいち》に整っていて、でも永利のように無機質で人形めいてはいない。畏怖を感じさせる迫力の中に男臭い色気があって、人の目を引き付ける。

これがモデルでも俳優でもなく、写真家で実業家だというのだから、世の中は不公平だ。

日本で氏家紹惟の名を知らない者は、ごく少数だろう。

「早かったな」

紹惟は階段を下りて永利の前に立つと、そう言って軽いキスをした。

「うん。撮影が順調にいった」

永利も答えて、裸の胸に抱き付く。彼の肌からはボディソープと、トワレの残り香が香った。その匂いを嗅《か》ぐといつも、安堵《あんど》と共に大きな喜びが込み上げる。夢にまで見たものが手に入った、奇跡が起こった――そんな喜びだ。

「紹惟は？　今起きたの」

抱擁《ほうよう》を解き、切れ長の双眸《そうぼう》を覗《のぞ》き込む。深い黒色の瞳は、寝起きのせいか少しとろりとしていて、和らいで見えた。

作品作りに、新しい企画にと多忙な紹惟は、今朝、永利が起きる頃に帰ってきた。二日間、徹夜だったのだと言って、永利が抜け出したばかりのベッドにシャワーも浴びずに潜り込んだのだった。

「ああ。ずっと寝てた。お前が帰ってくる前に、食事を作ろうと思ってたんだ」

「冷蔵庫は空だよ。今日は出前でも頼もう」

永利が諭すように言うと、紹惟は「ん」と短く答えてまた、永利の唇をついばんだ。

徹夜明けの起き抜けで、まだぼんやりしているのかもしれない。無防備な恋人の姿は、八つも年上なのに可愛《かわい》らしく思える。

「紹惟は何が食べたい？　タコスはどうかな。ほら、ケサディーヤが美味《うま》いって言ってた店。あそこ確か、出前もやってて……」

デリバリー・サイトにアクセスしようと、尻ポケットからスマートフォンを取り出しかけたのだが、紹惟に抱きつかれて身動きができなくなってしまった。

「ちょっと。重いよ」

抗議をしたのに、いっこうに力を緩める様子がない。それどころかさらに密着してくる。

「飯より先に、お前を食いたい」

言いながら、首筋にかぶりつく真似《まね》をする。永利は笑って紹惟の肩を軽く叩《たた》いた。

「親父《おやじ》臭い」

「不惑をとっくに過ぎてるからな。性欲なら若人に負けないが」

「若人、って」

厳《いか》めしい表現にクスクス笑った。紹惟も笑いながら「ほら」と腰を押し付けてくる。彼のそこは、いつの間にか硬くなっていて、スウェットの布地を大きく押し上げていた。

「徹夜明けだからじゃないか。疲れマラってやつ」

「かもな。けど二日……三日か？　お前を抱いてない」

甘えるように抱きすくめられ、仕事の後の疲れより、喜びと興奮が勝った。

以前は、三日どころかひと月会わないことだって珍しくなかった。

会えない期間、寂しいと思っていたのは永利だけで、この男はいつ会ってもしれっとした顔をしていたのだ。

それは永利の前で恰好《かっこう》をつけていたからだそうで、もう今はお前だけだ、お前しか抱かないと彼は言う。長いこと無節操に、男も女も抱き続けてきたこの男が。

紹惟に求められるのが嬉《うれ》しい。今、この地上で紹惟に抱かれているのは自分だけなのだと思うと、震えがくるほどの歓喜が押し寄せてくる。

愛されていると思う。充足感もある。けれど心の片隅には、ほんのわずかな不安がこびりついていた。

「そこでぐっと我慢できるのが、大人の男だと思う」

無理やり身体を離すと、不満そうにじろりと睨まれた。でもそこで、自分の欲望を優先させない分別はあるらしい。

こちらが軽く睨み返すと、紹惟は意外にすんなり抱擁を解き、でもあっさりしすぎない程度に永利にキスをした。

二人でキッチンへ向かい、業務用の巨大な冷蔵庫を覗く。

「バターと卵が二つ。それから、しなびたキュウリが一本」

「ケータリングだな」

紹惟の報告に、永利はきっぱりと断じた。

写真家の氏家紹惟との出会いは、かれこれ十一年も前になる。

永利は当時、子役上がりの売れないアイドルで、パッとしないモデルでもあった。

クビ寸前だったのが、たまたま仕事で事務所を訪れていた紹惟と遭遇し、見初められて彼の被写体に抜擢《ばってき》された。

『ミューズ』シリーズという、有名な写真集のシリーズの四代目モデルである。写真集は過去のシリーズ作品の中でも一番の売れ行きとなり、そこから瀬戸永利の名も徐々に知られるようになった。

紹惟は約十年間、永利を「ミューズ」として撮り続けた。永利は最初に仕事をした時から紹惟に恋をしていて、身体の関係もあったが、一方通行の片想《かたおも》いだと思っていた。

才能にも容姿にも恵まれた紹惟の周りには、常に多くの魅力的な男女がいたし、永利はそのうちの一人にすぎなかったからだ。

いつか彼の「ミューズ」でなくなる時がくる。十年間、彼だけを想い、捨てられる日を恐れてきた。

十年の節目に恐れていた出来事はやってきたが、奇跡は起こった。

永利はもう、紹惟の「ミューズ」ではない。彼の、ただ一人の恋人だ。

そして、氏家紹惟の被写体の一人でもある。「ミューズ」でなくなった新しい永利を、紹惟は今も撮り続けている。

まだ作品として公になってはいないが、折に触れて永利の日常の姿をカメラに収め、いつかまとめて世に出すのだと言っている。

自分は、思っていた以上に紹惟から愛されていた。

片想いだと思っていた十年間、紹惟は気づかないところで永利を支えていてくれたし、こちらの想像以上の愛情と情熱を傾けてくれていた。

その事実を知った時、まるで夢を見ているようだと思った。今も時々、夢かもしれないと思う。

「本当に希望はないのか？　このままだと、家具もぜんぶ俺の好みになるぞ」

紹惟がキッチンで食後のコーヒーを淹《い》れながら、ダイニングにいる永利へ声をかけてくる。

ケータリングの使い捨ての皿を片付けていた永利は、「いいよ」と即答した。

「俺、家のこととか家具とか、よくわからないから。こだわりの強いあなたに任せるよ」

ごみを捨て、ダイニングテーブルをキッチンクロスで拭《ふ》き上げる。自分はわりと綺麗《きれい》好きだと思う。どこでも何でもきちんと整頓する性質《たち》だ。たまに、友人の汚れた部屋に遊びに行くと辟易《へきえき》する。

紹惟も綺麗好きだが、自宅の中でも気にする範囲がきっちり決まっている。水回りは神経質なくらい清潔にして、書斎は偏執的なまでに整頓するが、それ以外は最低限の掃除がされていればいい。多少汚れていても気にならないようだ。

そのかわり、家具や家電に対する思い入れは強い。対する永利は、使い勝手がよければそれでいいというタイプだ。色にも形にも大してこだわりがない。

そういうお互いの性格は、十年の付き合いでよくわかっていたつもりだ。

でもいざ一緒に暮らしてみると、それまで何気なく目にしてきた相手の性質や癖を改めて認識したり、知らない一面を見たりして、なかなかに新鮮だった。

永利が紹惟と暮らすようになって、二か月ほど経《た》つ。

付き合い始めてほどなく、紹惟から「一緒に暮らさないか」と言われた。

正式に恋人になったことさえ夢のようだったから、その申し出は浮かれるくらい嬉しかった。

白金台にあるこの家は、前々から売りに出しており、買い手もついたので、新しく二人だけの家を探すことになった。

やがて、紹惟が広尾《ひろお》にある中古の戸建て物件を見つけてきて、これを二人で共同購入することに決まった。

白金台の家よりだいぶこぢんまりしているが、建物の内側に広い坪庭があって、日当たりもよかった。広すぎないのもいい。

永利はすぐ家移りしてもいいと思っていたが、自分の持ち物にはこだわりの強い紹惟が、あちこちリフォームをすると言い出して、まだ入居は実現していない。

そうこうするうちに永利のマンションの更新期限が迫り、今はこうして、白金台の紹惟の家に身を寄せている。

永利が引っ越してきてすぐ、紹惟が揃《そろ》いの指輪をくれた。

シンプルなプラチナの指輪のひんやりとした感触に、ようやくこれは夢ではなく現実なのだと実感が湧《わ》きはじめた。

そう、これは本物の日常なのだ。

もう休日を合わせなくても、好きな人に会える。互いに多忙だから、すれ違いの時間も多いけれど、一日に一度は必ず紹惟と顔を合わせることができる。同じ寝室で毎日眠り、食事をして、飽きるくらい紹惟の美貌を眺められるのである。

引っ越してからこの二か月ずっと、夢のような日常を甘受している。

私生活は薔薇《ばら》色で、仕事は上り調子だ。

現状には何一つ不満はなく、むしろ自分には分不相応な幸福だとさえ思っている。

幸せな生活に、素直に浮かれることもある。

けれどその一方で、いつも不安げに周りを見回している自分がいることを、永利は気づいていた。

何が不安なのかわからないまま、何かが迫ってくるのを恐れている。あまりにも漠然としすぎていて、誰にも相談できなかった。マネージャーの桶谷にも、紹惟にさえ。

「本当にいいんだな？　俺はお前の、半端な美的センスも受け止めるつもりなんだが」

目の前にコーヒーカップを置かれ、ぼんやりと物思いに耽《ふけ》っていた永利は我に返った。

淹れたてのコーヒーが香り、紹惟がにやりと唇の端を歪《ゆが》めて笑っている。

自分を見つめるこの強い眼差《まなざ》しを見ると、不安が和らぐ。

「半端な美的センスって、ひどい言い草じゃない？　いいよ、紹惟のセンスに任せる。どんなお洒落《しゃれ》空間ができるのか楽しみにしてるよ」

新居の内装と家具の話をしていたのだった。

中古の物件に紹惟がリフォームであれこれ手を加え、床も壁紙も一新された。これからさらに、インテリアの選定が待っている。

永利も最初は紹惟のこだわりに付き合おうとしたが、床材から壁紙までおびただしい数のサンプルが用意されているのを見て、逃げ出した。

「というか、これだけ多忙な中でよく、そこまでこだわれるよね。仕事で一緒になったスタイリストさんが新居を建てたけど、彼の場合は内装もインテリアも専門のコーディネーターに頼んでたよ」

コーヒーを飲みながら、ちらりと隣のリビングを見る。ソファテーブルにインテリアのカタログが積まれていた。

「付き合ってつくづく思うけど、紹惟ってかなりこだわりが強いよね。偏執的に」

憎まれ口を叩いてから、相手の顔を見て、しまったと後悔した。紹惟が目を細め、独特の微笑みを浮かべていた。

いたぶり甲斐《がい》のある獲物を見つけた時のような、愉悦を含んだ微笑みだ。どうもおかしなスイッチを押してしまったらしい。

「あ、ごめん、ストップ」

永利が慌てると、紹惟はよりいっそう楽しそうな薄笑いを浮かべて立ち上がる。テーブルを回り込んで永利の脇に立った。

「シャワー浴びるか。俺はそのままでも構わないが」

「あなたはさっき、浴びたって……待っ……」

背後から腕を回され、抱きこまれるようにして顎を取られた。強引に唇を塞《ふさ》がれ、永利の中でも、それまで抑えていた欲望がむくりと頭をもたげた。

自分はこうして、強引に支配されるのを好む気質があると思う。紹惟に対してだけそうなのか、もともとの気質なのかはわからない。永利は彼しか知らないからだ。

滅多に、自分から抱いてと言えない。そんな永利の性格をよくわかっていて、紹惟はいつでももやや強引に永利を腕の中に引きずり込む。

こちらが本気で嫌がっているのか、はたまた嫌よ嫌よと言いながら喜んでいるのか、その見極めはいつも的確だ。

「マジで、ちょっと待った。まだやることがあるんだって。明日の準備！」

キスをされ、うっかりその気になりかけて、我に返った。格闘技でギブアップを示すように、軽く相手の腕を叩くと、するりと拘束が解ける。

紹惟は不服そうに眉根を寄せ、永利を見下ろした。

「準備？　ＶＴＲの撮影と、ドラマの顔合わせに？」

夕食の時、お互いの予定を教え合って情報は共有している。永利は紹惟の胸に頭を預け、上目遣いに相手を見た。

「その顔合わせの準備。今度の共演者のこと、ネットで調べておこうと思って。ちょっとセンシティブな立場の相手っていうか。不用意なこと言わないようにしないと」

「共演者……十川迅《とがわじん》か？」

「よく、わかったね」

あまりにすんなり名前が出てきたので、びっくりした。

まだドラマは収録前で、公に宣伝もしていない。永利の共演者が誰かなど、普通の人は知らない。もしドラマの出演者の名前を把握していたとしても、今の永利の言葉だけで言い当てられるとは限らない。

ひたすら驚いていると、紹惟は「大したことじゃない」、というように軽く肩をすくめてみせた。

「この間、お前の事務所の社長と、たまたま会って話をしただけだ。その時にお前が次に出るドラマと、出演者の話を聞いた。十川迅以外、他に立場が微妙な出演者はいなかったからな」

永利が所属する芸能事務所、『アイ・プロダクション』の社長は、紹惟と旧知の仲だ。社長の息子が、紹惟の同級生なのだという。幼稚園からエスカレーター式で高校まで一緒だったというから、同級生とも必然、付き合いが長くなる。

その縁で、永利も前の事務所から移籍することができた。マネージャーの桶谷は優秀だし、社長をはじめスタッフも、親身に永利の意思を汲《く》んでくれる。

ありがたいのだが、どうも永利の仕事の情報が、部外者であるはずの紹惟に筒抜けなことがある。守秘義務は、コンプライアンスは大丈夫なのかと心配になるレベルだ。

「確かほら、彼は傷害で逮捕されてただろ。次のドラマが復帰作なんだって。俺とかなり絡むから、不用意なこと言わないように気をつけたくて」

永利もこの業界は長いが、そこまで同業者に詳しいわけではない。自然と耳に入ってくる噂《うわさ》もあるし、一緒に仕事をした相手のことはある程度わかるが、そうでない人物のプロフィールは、一般人の知識に毛が生えた程度だ。

十川迅という俳優が傷害事件を起こし、芸能活動を自粛《じしゅく》していたことまでは知っている。だが事件についてはよく知らなかった。

顔を合わせれば、世間話の一つもするだろう。明日に向けていちおう、調べておこうと思ったのだ。

「十川迅、二十七歳。『Kオフィス』所属。Kオフィスは十川の父親の事務所だ。母親は女優で、東央《とうおう》映画の元スター、花山涼子《かやまりょうこ》。十川はいわゆる二世俳優だ。彼は二年前の傷害事件は不起訴処分で、逮捕はされていない。芸能活動自粛と言いながら、実際は半ば引退していたみたいだな。……以上」

紹惟は早口に十川のプロフィールを口にすると、一方的に締めくくってキスを再開した。永利は「待った」と、腕の中でもがく。

「その事件のところ、もうちょっと詳しく。あと、引退ってどういうこと？」

「知らん」

斬って捨てるような答えが返ってきた。Tシャツの襟に手が入り込んできて、慌てる。

「知らん、て。ちょっと」

「事件については、プライベートで女と食事をしていて、野次馬と店の前で揉《も》めて喧嘩《けんか》になったって話だ。それ以上のことは知らん。不祥事の後すぐ活動自粛になって、それきり二年も活動してなかった。事実上の引退だろう……というのが、お前のところの社長の見解だ。あとは噂の域を出ない。ゴシップ話は仕事に必要か？」

「いや、必要はないけどさあ」

強引に話を終わらせるのもどうかと思う。コーヒーだってまだ、残っている。

不満を表そうとしたら、背中を抱きしめられた。つむじに当たるのは、紹惟の顎の先だろう。ぐっと体重をかけて圧し掛かられる。

「飢えて死にそうだ」

真剣に困ったような声に、つい笑ってしまう。紹惟なりの甘え方なのだと思ったら、愛《いと》しさが込み上げた。

「じゃあ、シャワー浴びてくる」

「一緒に行く。頭を洗ってやる」

傲岸《ごうがん》に言う男を、心底可愛いと思う。永利も観念して立ち上がった。

「わかった。風呂場でいちゃいちゃしようよ」

相手の口の端に軽くキスをする。恋人の機嫌があからさまに良くなるのを見て、永利はまた笑った。


翌日、テレビ局内でバラエティ番組で流す宣伝用ＶＴＲを撮り、午後には同じ局内の会議室へドラマの顔合わせに向かった。

プロデューサーをはじめ、監督や脚本家、出演者が一堂に会する場だ。実際に末端のスタッフまで入れれば、会議室になどとても入りきらないのだが、主要な面々がすべて集まる貴重な場であることは確かだ。

永利が会議室に入ると、机が大きくロの字型に組まれていた。壁際にカメラと照明も設置されており、詳しくは聞かされていなかったが、この後でドラマの宣伝に使用する映像や写真が撮られるのだと予想できた。

「あれっ？　瀬戸ちゃんじゃなーい。何してんのよ、こんなところで」

入り口にいたスタッフに案内されて、自分の席に着こうとしたら、隣を一つ空けた席から、俳優の小田満《おだみつる》に声を掛けられた。

永利が子供の頃から活躍する、ベテランの演技派俳優だ。今まで映画が彼の本拠地だったが、去年あたりからテレビでもちょくちょく見かけるようになった。

年齢は確か、去年が還暦だと言っていた気がする。『二人の男』で共演して以来、何度か飲みに連れて行かれたことがあって、まあまあ親しい間柄と言えた。

「何って、主演ですけど。小田さんこそ、こんなところで何してるんですか」

主要な配役はあらかじめ聞かされているから、もちろん冗談だ。永利が乗ると、小田は小学生みたいにはしゃいだ顔になった。

「俺？　俺もこのドラマに出るの。スケベなアカハラ教授役で」

「知ってました」

永利の返しに、小田がガハハと笑う。相変わらず地声が大きい。

しかし、おかげで少し緊張がほぐれた。永利は芸能活動歴は年の数だが、最初の一歩はいつも緊張する。それも約一年ぶりのドラマの仕事、それも主演となれば、いやが上にもプレッシャーがかかるというものだ。

勝手のわかる小田との共演は頼もしくもあり、一方で芝居に厳しい彼の目に自分の演技はどう映るのかという、恐ろしさもある。

その小田は、今まで話す相手がいなくて寂しかったのか、「最近、調子はどうなのよ」「またみんなで飲みに行こうぜ」などと、嬉々《きき》として話しかけてきた。

そうしているうちに、次々にスタッフやキャストが入ってきて、席が埋まっていく。

まだ席にいないのは、永利の隣と、正面のホワイトボード前にある二席だけだ。予定の時刻になり、正面の二席には、会議室の入り口で話し込んでいた男女二人が座った。

四十そこそこと見られる化粧っ気のない女性と、三十そこそこの真面目そうな眼鏡の男性だ。二人はプロデューサーで、女性の方がチーフプロデューサーであること、アシスタントプロデューサーが他に二名いることなどが、事前に紹介されている。

彼女たちが席に座ると、方々のおしゃべりが止《や》み、にわかに静かになった。永利の隣は空いたままだ。

「えー、では時間になりましたので……あ、まだ、来てない人いる？　すみません、もう少々お待ちください」

チーフプロデューサーが口を開きかけ、誰かが指摘したのか、すぐに訂正した。小田がちらりと、腕の時計に目をやるのが見えた。

プロデューサー二人が隣同士で話を始め、別のスタッフが慌ただしく、会議室の端から端へ小走りに移動する。方々で話し声が上がり、会議室は再び騒がしくなる。

それから十五分ほど経ったが、永利の隣の人物は一向に姿を現さなかった。

その間、貧乏ゆすりをしたり伸びをしたりと落ち着かない様子の小田が、永利の方に首を伸ばし、空席を指さしながら小声で「誰?」と尋ねた。

これも当然、小田は残りのキャストが誰なのか知っているはずだ。知っていて、この場に遅刻した者の名前が挙がるのを待っている。

こういう、小田の意地の悪いところは苦手だった。いい子ぶりたいわけではないが、わざわざ共演者を揶揄《やゆ》することは言いたくない。

「俺の親友の刑事ですよ」

仕方なく、役柄で答える。小田はひねくれた薄笑いを浮かべた。

その時、話を聞きつけたようなタイミングで、会議室の扉が乱暴に開いた。

「おはようございます」

人々の視線が集中する。若い男が、不機嫌そうに言って入ってきた。軽く頭を下げたが、それが挨拶なのか、それともドアの上辺につかえそうだったからなのか、よくわからない。

いずれにせよ、あまり感じがいいとは言えない印象だった。

すらりと背が高くやせ型に見えるが、Tシャツの上からでもよく鍛えられた筋肉質の身体なのが見て取れる。長くしなやかな腕と発達した僧帽筋が、ボクサーを連想させた。

髪は短く刈り込んでいる。記憶にある十川迅は金髪だったが、今は役に合わせたのか真っ黒だった。肌も以前見た写真より日に焼けている。

鼻筋が細くやや長い印象があるが、顔立ちは整っていると言えた。目は奥二重で、眼光が鋭い。いわゆる強面《こわもて》に見える。

しかし、刑事というイメージはない。むしろ半グレだと言われたほうが納得できる。どこがとはっきり言えないが、ガラが悪く見えるのだ。

「あ、遅れてすいませんでした。……すみません」

会議室内の、何となく白けた空気を感じたのか、それとも時間を思い出したのか、十川はスタッフに案内されて席へ向かう際、急に気づいた様子で謝罪を口にした。

すみません、と口にするたび、ぺこっと頭を下げる。

周りが頭を下げ返すので、永利もそれに倣《なら》った。小田は、各自に配られたペットボトルのお茶を飲むふりをして、知らんぷりを決め込んでいた。

「よろしくお願いします」

席に着く際、「すみません」は「よろしくお願いします」に変わり、彼はまた左右にぺこぺこと頭を下げて見せた。

永利に向かっても頭を下げたので、永利も「よろしくお願いします」と頭を下げて相手を見返した。

ひたと視線が合った。相手は頭を下げたまま、目だけをぎょろりと永利に向けている。

その目を見て、直感的に理解した。

初対面のこの男に、自分はどうやら嫌われている。


初対面の相手にすでに嫌われている、という状況は、実は珍しいことではなかった。

自分が知らなくても、相手は永利を知っている。ドラマやCM、写真で永利を見て、声を聞き、あらかじめ自分の中でイメージを作っている。

お前なんか嫌いだと、わざわざ表情や態度で示してくる人もいる。ドラマのロケの時、撮影現場に集まった野次馬の中から、「私、瀬戸永利ってきらーい」と、聞こえよがしな声を上げる一般人もいた。

「芸能人なんか、嫌われてなんぼよ」

と、友人で人気タレントの梅田誠一《うめだせいいち》が言っていた。

まったく知らない相手を嫌う人間はいない。相手の存在を強く意識してはじめて、嫌いという感情も湧いてくる。好悪が強くなるというのは、それだけ存在感が出せているということだ。だから、あからさまな嫌悪の表情を見せられても、気にしないように心がけていた。こちらも人間だからムッとはするが、「俺も人気者だなあ」くらいに鷹揚《おうよう》に考えることにしていた。

十川迅とは面識がないから、彼も映像だか写真だかで永利を見て、勝手にイメージを作っている口だろう。

わかっているのに、彼の視線の中に嫌悪感を見た時、永利もまた驚くほど強い反感と苛立《いらだ》ちを覚えていた。

自分の中で湧き起こった変化に、永利自身も戸惑う。

「それではお一人ずつ、自己紹介をしていただきます」

十川が席に着いたのを見計らって、チーフプロデューサーの軽い挨拶で顔合わせが始まった。

若い女性ＡＰが進行役になり、最初に三人いる監督の一人から、自己紹介が始まった。

撮影への意気込みが語られ、続く二人の監督と、脚本家や撮影スタッフの挨拶の後、主演の永利に順番が回ってくる。

「瀬戸永利です。主演を務めさせていただきます。今までにない役柄で緊張していますが、百パーセント以上の力を出すつもりで頑張ります」

我ながら、面白味もひねりもないと思う。でも、どうせウケを狙《ねら》っても場が白けるだけだということも、これまでの経験からわかっている。アドリブのきかない人間なのだ。

今に始まったわけではなく、昔からの性格だからもう開き直ったつもりだったが、主演のくせにこんなことでいいのか……などと、細かいことをウジウジ考えてしまう。

永利の次に、十川が指名された。彼は準主役で、永利の親友であり刑事という役柄だ。

「まず、先ほどは遅れて申し訳ありません」

席を立ちながら、十川が口を開いた。

立ち上がった彼は背筋を伸ばし、手を前に組んで一同を見る。その姿は先ほど現れた時の、不機嫌そうな態度とは打って変わり、凜《りん》として見えた。

「このドラマは、私にとって二年ぶりのドラマになります。にもかかわらず、主役の瀬戸さんの親友という、重要な役をいただきました。二度とないチャンスだと思い、精いっぱい演じたいと思います。どうぞよろしくお願いします」

傷害事件で仕事を自粛していた十川にとって、これが二年ぶりの復帰作……というのは、今さら説明しなくても、この場にいる人間の全員が知っている。

十川は自身の過去について言及するでも、また濁すでもなく、簡潔な言葉に収めた。

現れた時は半グレっぽくて、所作もだらしなく見えたが、凜とした佇《たたず》まいを見ていると育ちの良さが窺える。

素の彼はだらしがないのかもしれないが、行儀のいい所作も身に付いていて、TPOに合わせて振る舞えるということだ。ただやさぐれているだけの不良にこんなことはできない。

永利は自分の視線が、いつの間にか十川に吸い寄せられていることに気がついた。永利だけでなく、この場の全員が彼に注目している。

華がある、というのとも少し違うが、人を惹《ひ》きつける何かが備わっていた。いるだけで雰囲気が変わる、と表現すればいいのだろうか。

現につい先ほど、永利の自己紹介まで、場の空気もどことなく緩んだものだったのに、十川が立ち上がった途端、ピンと緊張の糸が張った。

ただの二世俳優ではないかもしれない。さして意識はしていなかった、ただの仕事相手の一人だったのに、出会って五分と経たないうちにその存在を心に刻み込まれた。

感動とか感心とか、愉快な感覚はなかった。むしろ嫌な予感、心細さを覚える。

「どーも、小田です」

十川が座り、続いて小田が立ち上がった。ひょうきんな口調に、また場の空気ががらりと変わる。緊張してわずかに遠のいていた人々の感情が、緩んで戻ってくる。

小田が砕けた感じで喋《しゃべ》り終えたので、その後は終始、明るい雰囲気で自己紹介は終わった。

それから今後の撮影日程を確認し、どこかで番組の宣伝に使うらしい集合写真の撮影を行うと、顔合わせは終了だった。

「おっ、瀬戸ちゃん。この後も仕事？　暇なら飲みに行く？」

そそくさと帰ろうとすると、先に席を立った小田に絡まれた。

小田と飲むと、必ず長期戦になる。ダラダラと何時間も飲まされるのだ。仕事でもないのに疲れ切ってしまう。クランクイン前なので、コンディションを整えておきたかった。

「すみません。この後も仕事なんですよ」

会えば飲みに誘われることはわかっていたから、あらかじめ断りの文句を用意しておいた。桶谷とも擦《す》り合わせ済みだ。

小田と並んで歩きながら、会議室を出る。まだ、スタッフはほとんど部屋に残っていた。十川もホワイトボードの前で、チーフプロデューサーと何やら話し込んでいる。

「時間厳守って言ったでしょ」

「マジですいません。会議室間違えちゃって。局には三十分前に着いてたんですよ」

「そんなの、言い訳になりません」

どうやら先ほどの遅刻を注意されているらしいが、プロデューサーの口調も表情も柔らかく、互いの口ぶりから親しさが窺えた。

すいません、と軽い口調で繰り返す十川は、いたずらを咎《とが》められたやんちゃ坊主といった雰囲気だ。最初に見せた表情とも、自己紹介の時の顔とも違う。

あまりいい印象は受けなかった。人によって態度を変える奴《やつ》だと、永利は判断を下した。

けれど、小田の捉《とら》え方は違ったようだ。

「ダークホースだな」

隣で低くつぶやく声は、素の彼のもので、永利はぎくりとした。目が合うと、小田は即座に人を食った笑いを浮かべる。彼に押し出されるようにして会議室を出た。

「あの遅刻小僧、悪い噂しか耳に入ってこなかったけど、楽しみじゃない」

さすがに人の耳が気になるのか、廊下に出てからも小田は、声をひそめていた。同意を求める口調だったので、「そうですね」と、条件反射で答える。

「気の抜けた声だなあ。しっかりしてよぉ！」

小田の声が耳元で急に大きくなったので、勘弁してくれと胸の内でぼやいた。彼の演技は楽しみだが、この調子で現場でも絡まれるのかと思うと、今から憂鬱になる。

「俺はまた、あんたと仕事ができるのを楽しみにしてたんだぜ。『二人の男』の現場は、スリリングだったよね」

永利は苦笑する。終わってみれば確かに、あれはスリリングと言える仕事だった。撮影中はずっと、崖っぷちに立たされている気分だったが。

「俺も、小田さんとの仕事を楽しみにしてましたよ。今も楽しみです。緊張しますし、怖いですけど」

素直に心情を吐露すると、小田はガハハと笑った。

「素のあんたは相変わらず、汚れなき、って感じで面白味がねえな。それが今回はどう化けるのかね。楽しみにしてますよ、座長さん」

座長。主演。今まで何気なく耳にし、口にしていた言葉だ。今はそれらの言葉が、心に重くのしかかる。

それでも、頑張ります、と返そうとした。そう答えるしかない。

しかし小田は、永利が口を開く前に「俺、こっちだから」と、エレベーターホールの手前で踵《きびす》を返した。

「ヤニ吸ってから帰る」

「あっ、はい。お疲れ様でした。これからよろしくお願いします」

慌てて頭を下げると、「こちらこそお」と、おどけた声が返ってくる。

「マジで頑張ろうな、俺たち。……でないと、あの小僧に食われちまいそうだからさ」

最後は真面目な声音だった。ハッとして永利が顔を上げた時にはもう、小田は背中を向けていた。


永利が自宅に戻った時、まだ紹惟は帰っていなかった。

一人きりだと思うと、広い家が余計に広く、よそよそしく思える。

スーパーの袋を提げてキッチンへ行き、買ってきたばかりの食材を冷蔵庫にしまった。

テレビ局からの帰り道、桶谷に頼んで近くの高級スーパーに寄り、購入したものだ。

失敗のないカレーを作るつもりで、ちょっと高めのカレールーを買った。少しでも凝ったものにしようと大きな塊肉を買おうとして、桶谷にシチュー用に切られた肉を買うよう諭されてしまった。

「塊肉だと、煮込むのに時間がかかりますよ」

普段の永利は、家でもほとんど自炊をしない。せいぜいラーメンかパスタを茹《ゆ》でる程度だ。

紹惟がいれば彼が作るか、あとはケータリングだった。

でも今日は、紹惟もそれほど遅くならないと言っていたから、たまには夕食を作って迎えようと思ったのだ。

多忙ですれ違いの時間が多い中、少しは恋人らしいことをしようという気持ちからだった。

前の晩、紹惟の予定を聞いた時から考えていて、帰り道にいそいそと買い物をしたものの、家の中に一歩入ると途端に疲労を感じた。

さして多忙だったわけではない。むしろ体力的にはとても楽な一日だった。

なのに虚脱感を覚えるのは、精神的な疲労のせいだろう。

小田の「座長さん」という声が耳の奥に響いて、永利は頭を振った。

冷蔵庫にしまったばかりの食材を取り出し、さっさとカレーを作ることにする。市販のルーのパッケージに書かれたレシピを読みながら、無心で調理した。

鍋で煮込む間、コーヒーを淹れてダイニングで一服する。

スマートフォンを確認したが、紹惟からは何もメッセージが入っていなかった。もしかしたら仕事が押しているのかもしれない。

コーヒーを飲み終えてから米を炊《た》くことを思い出し、炊飯器をセットする。食材が煮えた鍋にルーを放り込むと、もうやることはなくなった。

それだけでぐったりしてしまい、リビングに移動してソファに座り込む。何もする気が起きなくなった。

こういう時、紹惟だったら掃除をするか、家に持ち込んだデスクワークをするだろう。もしくは夕食をもう一品作るか。隙間時間に筋トレやランニングをすることもある。

彼が何もせずぼんやりしているのを、永利は一度も見たことがない。

回遊魚みたいに、四六時中動いていないと落ち着かない人種がいるが、紹惟もそういう人間なのかもしれない。

忙《せわ》しないと感じたことはないが、無駄なく要領のいい男だとは思う。

不器用で要領の悪い自分とは正反対だ……と考えたら、また気分が落ち込んできた。

どうも自分は最近、以前にも増してウジウジと落ち込みがちだ。

寂しいという気持ちを振り払い、ドラマの台本を広げた。明日はさっそく、一話の本読みがある。

『真夜中のジキル』

というのが、今度の主演ドラマのタイトルだった。「月曜ミステリー」という、日東《にっとう》テレビの看板ドラマ枠で、七月から九月まで放送される。ワンクール、全十三話だ。

タイトルの通り、有名な小説およびミュージカル『ジキル&ハイド』がストーリーの下地になっている。

永利が演じる主人公、「深見恭介《ふかみきようすけ》」は、私立大学でイギリス文学を教える若き准教授である。有名なフランス文学の権威を祖父に持ち、父は同じ大学で学長を務めるというサラブレッドだ。二枚目で、学者としても教員としても優秀な上に品行方正、セクハラやアカハラを行う同じ学部の教授を諌《いさ》める場面もある。

正に非の打ちどころのない主人公だが、当人は周囲から完璧な人間性を求められることに、窮屈さを感じていた。

幼い頃から祖父や父に厳しく教育され、周囲の顔色を窺ってきたという主人公の生い立ちは、これを演じる永利に通じるものがある。

初めてこのドラマのあらすじを聞いた時、そう感じた。

真面目一辺倒でアドリブがきかない、いつも周りの反応を窺っている。そのままを演じればいい。

問題は「ハイド」の方だ。

主人公「深見恭介」は、同じ文学部の教授から、一方的に敵視されている。

この、小田が演じる文学部教授は、強きにおもねり弱きをくじく、主人公とは正反対の矮《わい》小《しょう》な人物だった。セクハラ、アカハラを悪びれもせず行い、学生からも教員からも嫌われている。

優秀で人望厚い「深見恭介」を妬《ねた》んでおり、主人公はこの悪徳教授に騙《だま》され、ある薬品を飲んでしまうのだった。

主人公の容貌は薬を飲んだことで、醜く変化する。人格が変わるのではなく、あくまで外見だけが変わるのである。

主人公は驚き、困惑したものの、朝になると元の美しい顔に戻っていた。

ホッとしたのも束《つか》の間《ま》、真夜中になるとまた、誰もが嫌悪や侮蔑《ぶべつ》を覚える醜悪な容貌に変わってしまう。

醜い男を誰も「深見恭介」だとは思わない。婚約者からは泥棒と間違えられて自宅を追い出され、主人公に想いを寄せる女子大生からも「キモ男」とコキ下ろされる。

女子大生に変質者扱いされて怒った主人公は口論となり、女子大生の首を絞めて殺してしまう。

絶望するも、朝になって元の「深見恭介」に戻った主人公に、警察の手が及ぶことはなかった。

優等生の仮面を被《かぶ》ることに疲れていた主人公は、この事件をきっかけに、夜になると「ハイド」となって街に繰り出し、欲望のまま強姦《ごうかん》や殺人といった犯罪に手を染めていく。

大まかなあらすじとしては、こんなところだ。

小田の悪徳教授は最初、薬品をただの違法なドラッグだと思い込んで主人公に飲ませたが、やがて身の回りに起こる犯罪の犯人に気づき、中盤で主人公に殺される。

いかにも嚙《か》ませ犬といったキャラクターだが、小田のことだから、きっちり存在感を出してくるだろう。

十川迅の役は、主人公が唯一、気を許して話せるという高校時代からの親友「浅岡雄大《あさおかゆうだい》」である。

警視庁の刑事で、明るく大雑把だが正義感が強い。一話から主人公と親しくする場面がある。

まだ最終話までの脚本はできていないが、あらかじめ聞いている筋書きによれば、最終話の直前に「浅岡雄大」は一連の殺人事件の犯人、「ハイド」の正体が親友の「深見恭介」だと気づく。

最終話で「浅岡雄大」はすべての真実を知るが、逮捕に至る前に主人公は自ら死を選び、親友「浅岡雄大」の前、あるいは腕の中で息絶える。

残された「浅岡雄大」がどんな行動を起こすのか、事件はどのように収束するのかは、まだ聞かされていない。

しかし、準主役の「浅岡雄大」は重要な役だ。最終話の展開によっては、真の主役と呼ばれることになるかもしれない。

永利の演技がさほどでもなく、十川が存在感を示せば、話の途中でもマスコミなどから「ダブル主演」と表現される可能性はある。

週刊誌やネットニュースの見出しを今から想像して、嫌な気持ちになった。

十川や小田が怖い。負けたくない、という奮起する気持ちではなく、ただ不安だった。

連続ドラマと大河ドラマのオファーを連続で受けた時から、追い立てられているような焦燥を常に感じている。

失敗したらどうしよう。視聴率が振るわなかったら、大抵その責任は主演に被せられる。昔ほど視聴率は重視されなくなったとはいえ、それでもやっぱり、制作側もそれを報じるマスコミも、視聴率の数字を一定の指標にしているのだ。

小田は、前回一緒にやった『二人の男』で、永利の演技を一度は認めてくれた。今日もスリリングだったと言い、だから今回の共演にも期待を寄せてくれている。

連続ドラマと大河の主役を射止めたのも、あの『二人の男』の演技があったからだ。

十一年前、『ミューズ』の写真集がクビ寸前だった永利をいっぱしのモデルに押し上げてくれたように、昨年のヒットが永利を売れっ子の役者にしてくれた。

だから今度も、永利を主役に据《す》えて、『二人の男』と同じようなヒットを生むことが期待されている。

みんな――永利のファンもドラマのスタッフもマネージャーの桶谷も。それにたぶん、紹惟も。

あの人は、ドラマがヒットしたかどうかはさほど気にしないかもしれない。

でも、永利の演技は見ている。自分が見出《みいだ》した素材がどんな装飾をされ使われているか、写真家の目で冷徹に。

そう、自分は紹惟に見出された素材だ。

これまでの大きな仕事、後に話題となり、永利の名前を世間に広めた作品にはすべて、紹惟が関わっていた。

写真集『ミューズ』シリーズしかり、直近で話題になった『二人の男』しかり。

永利という路傍の石を、紹惟が見つけて拾い、磨き上げ、綺麗に飾り立てて世に送り出した。

今でこそ、永利は売れっ子のように扱われているけれど、それはすべて紹惟のおかげだ。彼のプロデュース能力と、写真家としての腕があったればこそのことだった。

けれど今回のドラマとそれに続く大河に、紹惟はいない。永利は自分だけの力で、これらの大きな仕事をこなし、成功させなければならないのだ。

果たして、自分にできるのだろうか。いや、やらねばならないのだ。

二つのドラマの主演が決まってから、永利の中でずっと、そんなせめぎ合いが続いている。

主役の仕事は素直に嬉しい。大河の話を聞いた時は、夢のようだと思った。あの時は確かに、心が高揚した。

でも、それはすぐに恐れに変わった。

いつか、みんなに知られてしまうかもしれない。宝石みたいにもてはやされていた瀬戸永利は、実は何の変哲もない、ただの石ころだということを。

周りより誰より、永利自身が、自分は凡庸《ぼんよう》だと気づいている。

今の成功は永利の力ではない。紹惟の才能によるものだ。実際、紹惟に見出される前の永利は、どんなに努力しても頑張っても、鳴かず飛ばずだったのだから。

自分の正体を世間に暴かれるのが怖い。仕事が楽しくない。

楽しいとか楽しくないとか、以前はあまり考えたこともなかったが、今ははっきり、楽しくないと言える。

——主演なんてやりたくない。

頭にそんな言葉が浮かんで、すぐに打ち消す。我がままだ。やりたくてもやれない大役を任されたのに、なんて傲慢なんだと自分を叱責《しっせき》する。

しかし、自分自身は誤魔化せない。嫌だ、やりたくないという本音を押し殺しながら、今日まで来てしまった。

　セリフを覚えようとしたものの、集中力が途切れてしまい、永利はついに台本をソファテーブルに放り投げた。

　主演をやりたくない。では、自分は何をやりたいのだろう。考えたが、何も出てこない。どうして役者になったのか。モデルになったのかと、過去のインタビューで問われたことがある。あの時は、何と答えたのだったか。

　実際には、それしか選択肢がなかったからだ。

　赤ん坊の頃からモデルをやらされて、子供の頃は母親が付きっ切りで仕事だのレッスンだのをさせられた。

　売れないアイドルになり、モデルの仕事で食いつないで、前の事務所からクビを宣告される寸前になっても、他にできる仕事が思いつかなかった。

　紹惟に見出されてからは、彼との関係を続けるために、仕事をしてきた気がする。好きな人と少しでも繋《つな》がっていたいから。彼に飽きられたくないから。

（じゃあ、今は？）

　紹惟とは恋人同士に、お互い唯一無二の相手になった。なったはずだ。

　ならばもう、仕事のことで一喜一憂することはない。少なくとも、仕事の失敗と紹惟との関係は別のはずだ。

なのに自分は心のどこかで、仕事が失敗したら紹惟との関係も終わるような気がしている。そんなはずはないのに。なぜこんなにも不安になるのか、自分で自分がわからなかった。

ソファの背もたれに頭を預ける。

目をつぶると、ぐるりと世界が回るような酩酊《めいてい》感があった。近頃たまに、こういう感覚がある。疲れているのかもしれない。

（仕事をやめたら――）

そうしたら、この不安も解消されるのだろうか。

想像しようとして、うまくいかなかった。心の中は空っぽで、今いるこのだだっ広い部屋のように白く空虚だった。

リビングのドアが開く気配を感じた。

紹惟が帰ってきたのだと思う。喜びが湧いたが、起きるのをおっくうに感じた。

ソファに座って目をつぶったまま、相手の出方を待つ。

入り口から、ソファで眠る永利が見えたはずだ。真っすぐこちらに来るかと思ったが、足音はキッチンの方へと遠ざかった。

何をしているのか、ソファからキッチンまでは距離があって、よくわからない。

思い切って目を開けると、ちょうどキッチンを出てこちらに向かってくる紹惟と目が合った。

「なんだ、起きたのか。いたずらしようと思ったのに」

恋人が切れ長の目を細めて笑う。それだけで、気だるさも憂鬱もどこかに消え去った。

近づいてくる紹惟に、腰を浮かせて腕を伸ばす。紹惟も腕を伸ばし、数時間ぶりの抱擁とキスを交わした。

「ただいま」

「おかえり。カレー作っておいた」

「部屋に入った時からいい匂いがしたな。今、温め直してる」

キッチンに真っすぐ向かったのは、鍋を火に掛けに行くためだったらしい。

「お腹《なか》減ってる?」

キスをしながら尋ねたのは、ただ離れがたかったからだが、相手は別の意味に取ったようだ。

「火を消してくる」

真顔で踵を返そうとするから、慌てて止めた。

「俺が空腹なの。食事にしようよ」

もともと冗談のつもりだったのか、紹惟は大して残念でもなさそうに「残念だな」と、笑って抱擁を解いた。

身体が離れる際、長く器用そうな指先が永利の頬を撫《な》でていく。くすぐったくて、笑いながら身をすくめると、紹惟は永利の唇を軽くついばんでキッチンへ戻っていった。

同居するようになって、こういうイチャイチャが増えた気がする。付き合う前から身体の関係はあったが、当時は日常的にじゃれ合うなんてことは滅多になかった。

ベッドを出れば友人と変わらず、紹惟も戯れに触れてくることはあったが、永利が引けば深追いはしなかった。

永利は永利で、自分は彼の数多《あまた》いるセックスフレンドの一人だと思っていたから、常に適切な距離を置こうとしていた。

そういう時期が長かっただけに、恋人になった今の、甘やかな現状に戸惑っている。

「飲み物は？」

「俺は、ビールにしようかな。……サラダとか作っておけばよかった」

紹惟を追いかけてキッチンに入る。向こうが飲み物を用意するので、こちらはカレー用の皿を出した。

それから、今さらながらカレー一品という素っ気なさに気づく。

家で食事をする時は、いつも何品もテーブルに並んでいる。紹惟は料理が趣味だというだけあって、手早く副菜まで作る。

「カレーだけって、ショボいよね」

「お前にしては上出来だと思うぞ」

冗談めかして言うから、「お前にしてはって、どういう意味だよ」と、睨んでみせた。

「家に帰ったら、恋人と食事が待ってる。それだけでじゅうぶん嬉しいね」

紹惟は柔らかな声音で言い、永利の頬にキスをした。やっぱり甘い。

まるで新婚の会話だ。そんなことを考えて、でも紹惟にとってはこういう会話は初めてではないんだろうな、と思う。

彼は永利と出会った時にはすでに、三人目の妻と離婚調停中だった。

三度の結婚生活で、当然ながら妻がこうして食事を作って待っていたことがあるだろう。

過去の妻たちは、どんな料理で紹惟を迎えたのか。凝った完璧な料理を作る女もいたかもしれない。あれこれと想像してしまう。

幸いなのは、この家を建てた時には三人目の妻とも別居していて、家の中に前の女の思い出がないことだ。

この家ができて間もなく、永利は紹惟と知り合った。十一年、彼と共にこの家で時を過ごし、今はこうして同居して、やがて間もなく、新たな家へ越そうとしている。

感慨と高揚、寂しさと不安とが、何色もの絵具を混ぜたように胸の内で渦巻き、どろりと濁った色を形成していた。

紹惟は永利のカレーを一口食べ、「美味《うま》い」と、感情を込めて褒めてくれた。

「うん……まあ、普通かな」

永利は照れ臭くて、自分も一口食べ、自らそう評した。本当にごく普通のカレーだ。

「今日の顔合わせはどうだった」

ビールを飲みながら、紹惟が尋ねてきた。

その問いでまず頭に浮かんだのは、十川の顔だ。しかし、彼については何と言い表わしていいのかわからず、

「小田さんが、相変わらずうるさかった」

と答えた。紹惟が笑う。その柔らかな笑顔を見ていると、心の中で折り畳まれて窮屈になっていた感情がほどけて、素直に不安を口にすることができた。

「小田さんに座長って呼ばれて、一緒に演《や》るのを楽しみにしてるって言われた。ありがたいし嬉しいんだけど、すごく責任を感じる」

「気が重いか？」

永利が言えなかった言葉を、紹惟が代わりに口にしてくれた。永利は、うん、と小さくうなずく。

「こんなこと思っちゃいけないんだけどさ」

「別にいけなくはないだろう。大役を任されて重責を感じるのは、当然のことだ」

「紹惟も、そういうことあるんだ」

やっぱり彼も人の子なのだ。しみじみ思ったのに、

「いや、俺はないな」

などという答えが返ってきて、肩透かしを食らった。

「責任は感じるが、重荷だと思ったことはないな、そういえば。失敗したら、その時はその時だ」

「メンタル強すぎ」

「よく言われる」

こういう男なのだ。長い付き合いの中で、メンタルが常人離れしているなと思うことがままあった。

他人に共感はしないけれど、人の感情を推し量るのに長《た》けていて、ほしい時にほしい言葉をくれたりする。そうやって、とことん人を魅了する。

「図々しくて強気でないと、やっていけない。そう思って感情を抑えているうちに、感覚が鈍くなったというのが正しいな。そのかわり、作品を創る時は神経を尖《とが》らせて集中する。感覚をスイッチするんだ」

「すごいな」

素直に感嘆した。自分にはできない業だ。そう言うと、「だろうな」と紹惟は肩をすくめた。

「結果的にそうなっただけで、人には勧めない。大抵の人間には嫌われるしな。そもそも、お前の売りはその繊細さだろう」

「売り、なのかな？」

恋人から繊細と評されて、そうか、自分は繊細なのかと思う。

「自分では、メンタルは強い方だと思ってたんだけど」

何しろ年の数、芸能界の水で過ごしてきた。お前は弱いと言われた気がして、肩を落とす。

紹惟がそれを見て穏やかに微笑んだ。

「打たれ強いという意味では、そうだ。柔らかくしなって、なかなか折れない。ここまで仕事を続けて来られたのがその証拠だ。だがお前が成功できたのは、その素直さと真面目さだと俺は思ってる。年を食っても苦労をしても鈍ることのない、繊細さだ」

いつもと変わらない声音だが、慰め、励まされているのだとわかる。

紹惟が口にするのは、お世辞や安直な慰めではない。自分の考えを率直に伝えているからこそ、永利の心の奥深くまで届くのだ。

「気が重い。主演なんてやりたくない」

軽蔑されるのが怖くて、誰にも言えなかった愚痴《ぐち》をこぼす。紹惟は微笑みを絶やすことなく尋ねた。

「じゃあ、やめるか？」

「まさか」

ここでやめたら、役者生命も終わりだ。それくらいの正念場だと思っている。だからこそ、追い詰められてもいるのだが。

「安易に大丈夫、とは言わないが。悩んだり重荷に感じても、お前はやり遂げるはずだ」

確信めいた言葉に、少し救われた。

今までもそうだった。苦しくても悩んでも、最終的にはどうにかなった。

それに今は、紹惟という恋人がいて、こうして励ましてくれる。

「うん。ありがとう」

荒野に一人立たされていたような、そんな寂しさと空虚さが、少し払拭《ふっしょく》された気がした。

食事の後、交替で風呂に入ることにした。

まだ寝室へ行くには時間が早いが、一日の汗を流しておきたかった。それに先に入っておけば、いい雰囲気になった時にすぐ、ベッドになだれこめる。

しかし、永利が先にシャワーを浴びて一階のリビングへ戻ると、紹惟はソファにもたれて眠っていた。

テーブルのノートパソコンは開きっぱなしで、スリープ状態になっている。

仕事のメールを送ってしまいたいので、先に風呂を使ってくれと言われた。途中で眠ってしまったのだろうか。

頭を背もたれに預け、唇は薄く開いている。静かな寝息が聞こえた。

珍しいなと思った。紹惟は体力も精神力も底抜けで、たまに同じ人間なのかと疑いたくなるほどだ。

二十四時間働いている感じだし、実際、本当に眠っていない時もある。それでいて、疲れた顔は滅多に見せない。

モンスターだと、彼の事務所のスタッフが言っていたことがある。

明るいところで寝顔を見るのは久しぶりで、永利は声をかけずに近づいた。

ソファに沈み込んだ彼は、ぐったりとしてひどく疲れて見える。手負いの獣のようで、美しく艶《なま》めかしかった。

この、寝顔まで完璧な男が自分の恋人なのだ。かつて身を焦がすほどに欲していたものが、今、手の中にある。不思議な気分だ。

永利は稀有《けう》な天体を観察するように、紹惟の寝顔を眺めていた。

と、何の前触れもなく突然、まぶたが開く。すぐさま脇に立つ永利に気づき、「ああ」と、気の抜けた声を上げた。

「風呂、お先に」

短く告げると、紹惟は「寝てた」とつぶやきながら指で眉間を揉《も》んだ。

「少し目をつぶったら、いつの間にか落ちてた」

「徹夜の疲れが、まだ取れてないんじゃない」

昨日は二日間の徹夜明けだったそうだ。一日寝て、またすぐ仕事だ。疲れも出るだろう。

「今日はもう寝たら？」

紹惟の身体を心配して言ったのに、腕を摑《つか》まれた。軽く引っ張られて、もつれるようにして彼の隣に腰を下ろす。

「何のために、早く帰ってきたと思ってるんだ」

「俺の手作りカレーを食べるため」

不貞腐れた声を出すので、永利は笑って返した。紹惟は低く唸《うな》る。目は眠そうなのに、抵抗するように永利の手を摑んで離さない。

キスをされ、永利もそれに返して、しばらくは無言のじゃれ合いが続いた。

「十川迅はどうだった」

不意に、何の脈絡もなく、紹惟が口を開いた。永利はちょうど身体の昂《たかぶ》りを覚え始めていたから、水を差された気分になった。

　あからさまに顔をしかめると、紹惟は「それは、どういう感情なんだ？」と笑う。

「こんな時に他の男の話かよ、っていう感情。どうしたの、急に」

「お前が昨日、気にしていただろう。どうだったのかと思って」

　傷害事件を起こした共演者、ということでプロフィールを調べておこうとして、紹惟に邪魔をされたのだ。

「どうもしなかった。ただ顔を合わせただけだし。挨拶以外に言葉も交わさなかったよ」

　言いながら、視線が合った時の十川の表情を思い出す。覚えず、顔をしかめていた。

「俺は彼に嫌われてるみたい。何となく、相手の態度でわかるだろ」

「ふうん」

　紹惟はそこで、興味深げに眉を引き上げた。

「それでお前も、相手に反感を持ったわけか」

「そりゃあ、嫌われてる相手に、好意を持ったりしないでしょう」

　言及するまでもない、当たり前のことだ。けれど紹惟にとっては、そうではないらしい。

　キスをする距離まで顔を近づけて、永利の瞳をじっと覗き込んだ。

「いや。お前にしたら珍しい」

「そうかな」

「ああ。いつものお前なら、初対面の共演者に嫌われたら、腹を立てるより落ち込む」

そうかもしれない。しかし、今の永利にはどうでもいいことだった。十川のこと、仕事のことは忘れて、紹惟と愛し合いたい。

「それだけ目が覚めたなら、エッチしようか」

紹惟の体調を思えば、休ませたほうがいいのだろう。途中まではそのつもりだったのだが、気持ちが盛り上がったところで中断され、面白くなかった。

挑発するように、相手の唇に軽く歯を立ててキスをする。紹惟は大らかに笑って永利の腰を抱き寄せた。

「俺もシャワーを浴びてこようか」

気遣いなのだろうが、さらに焦《じ》らすようなことを言うから、「いい」と短く答えた。これ以上、焦らされないように、紹惟のズボンのベルトに手をかける。

下腹部に触れると、わずかに硬くなっていた。永利はソファから下りて、彼の足元にひざまずく。紹惟は微笑みをたたえたまま、黙って足を開いた。

そんな恋人を見上げながら、ゆっくりジッパーを下ろす。芯《しん》を持った性器を引き出すと、口いっぱいに頬張った。

頭上で小さな吐息が漏《も》れるのを聞き、永利の身体もじわりと熱くなる。夢中で口淫《こういん》を続けた。意識は興奮と悦《よろこ》びに満たされ、永利はしばし、仕事のことも十川の存在も忘れた。

恋人との情交を堪能《たんのう》したおかげか、翌朝目が覚めた時には、気分がすっきりしていた。

永利が朝食の時にそのことを口にすると、紹惟は笑っていた。

「それは何よりだ。セックスでお前のメンタルが安定するなら、撮影現場にも付いていってやろうか」

現場でエッチなんてできるわけない。くだらない冗談に笑った。

「紹惟は大丈夫？　まだ疲れが取れてないいんじゃない」

彼の表情が、まだ寝起きでぼんやりしているのが気になった。

昨日はリビングで繋がった後、シャワーを浴びて終わった。永利はベッドに入ってすぐ寝てしまったが、紹惟はちゃんと眠れたのだろうか。

「ここのところ忙しくて、寝不足が続いていたからな。けどもう、じゅうぶん休んだよ」

紹惟は体力も精神力も超人的に見える。永利は長らく、彼が自分とは違う人間のように感じていたが、実際は生身の人間だ。

つらい時もあるだろうに、弱音を吐いているのを見たことがない。

お前の前でカッコつけていたからだ、と、恋人になる時に言われた。永利によく見せたかったからだと。

けれど、付き合って同棲《どうせい》をはじめてからも、紹惟が弱味を見せたことはない。愚痴くらい聞くのに、とたまに思う。いつも支えてもらうばかりだ。

自分はそれほど頼りないだろうか。

と、考えて、そういえば昨日も主演のことで愚痴をこぼしたのを思い出す。

永利はいつも、自分の仕事のことでいっぱいいっぱいだ。これでは、頼りたくても頼れないだろう。

もっと強くなりたいと思う。紹惟のように、揺るぎない強さを持ちたい。とはいえ、こればかりは願ってもどうにもならなかった。

「無理はしないでくれよ。健康のことも考えて。あなたも生身の人間なんだからさ」

ただ心配することしかできない。歯がゆく思いながら声をかけると、紹惟は面映《おもは》ゆそうに破顔した。

「お前に健康の心配をされるのも、悪くないな」

「なんだそれ。本当に心配してるんだからな」

紹惟のそんな緩んだ表情を見たことがなかったから、ちょっと驚く。

「わかってるよ。気をつける」

そうやって熟年の夫婦みたいなやりとりをして、永利が先に家を出た。

今日はどちらも、帰りがいつになるかわからない。食事はめいめいですることになった。

桶谷が運転する車で、昨日と同じテレビ局へ向かう。

「また、本読みが終わったら、迎えに来ますね」

テレビ局に着いた後、台本読みをする会議室まで付き添って、桶谷が言った。

午前中は台本の読み合わせ、午後からはドラマのCMとポスター撮りがある。局内のスタジオに移動することになっていた。

会議室の前で桶谷と別れる時、エレベーターホールの方から十川が現れた。

桶谷を一瞥《いちべつ》した後、永利に顔を向けて「おはようございます」と、小さく頭を下げる。顔には控えめな微笑を貼り付けているが、視線は明後日《あさって》のほうを向いていて合わなかった。挨拶が素っ気なく感じる素早さで、会議室に入っていく。

（感じ悪いな）

永利は彼の態度を見て、そう思った。桶谷はどう感じたのかわからない。どのみち、この場では聞けない。彼は「じゃあ」と、にこやかに去っていった。

会議室に入ると、すでにキャストが揃っていて、永利が席に着いて間もなく、台本読みが始まった。

台本には書かれていない演出や、細かなニュアンスを共有するための工程なので、演者も筆記具を持ちながら読むことが多い。

永利もシャープペンを片手にセリフを読み、監督の指示などをその都度、書き込んでいた。

セリフはもう、ほとんど頭に入っている。それに、一話はほとんどが真面目な「深見恭介」の場面なので、さほどセリフに苦労することもなく、監督から指示や注文を受ける回数も少なかった。

小田はさすがにベテランだけあって、台本読みであっても存在感がある。

十川は普通だった。女子大生役のアイドルが、ドラマ初経験だというので奮闘していたが、彼女と似たり寄ったりだ。

台本読みだから、迫真の演技をする必要はない。自分がどういう演技をしようと考えているのか、解釈やニュアンスが周囲に伝わればそれでいい。

台本読みとリハーサル、本番とで演技がまったく異なることもある。

それでも、肩透かしだった。彼の反抗的な態度を見て何となく、もっと本読みから力を入れてくると身構えていた。

十川のセリフは、発声も滑舌もきちんとしていて、わざとらしさがない。でも、それだけだ。

「『浅岡』のそこは、もうちょっと馬鹿っぽいほうがいいな。『深見』との対比なので、大ざっぱな性格が出るように。動きは大きめで」

「はい」

監督の指摘を受けて、十川は台本に何かを書き込んだ。

隣に座る永利は、ちらりと目だけを動かして彼の手元を覗く。十川は左利きなので、右手にいる永利から台本がよく見える。

熱心に書いているものを見て、ギョッとした。彼が書いていたのは文字ではなくイラストだった。なんだかわからないキャラクターを、ページの下の部分に懸命に描き込んでいた。

（なんだこいつ）

困惑と、次に湧いたのはやはり、反感だった。


台本読みが終わって、解散となった。午後の撮影に参加するのは、永利《えいり》と十川《とがわ》だけだ。

お疲れさん、と小田《おだ》に背中を叩《たた》かれ、会議室を出て桶谷《おけたに》と合流する。

台本に落書きをしていた十川は、何食わぬ顔で監督としゃべっていた。

「昼食はもう、事務所に用意してあるんですけど、いいですか。『ココット』のオムライス」

桶谷に声をかけられてハッとする。いつの間にか十川を睨《にら》んでいたらしい。

「あ、うん。ありがとう。嬉《うれ》しいな」

「永利君、好きですもんね」

撮影が始まれば毎日、下手をすると毎食弁当の生活だ。桶谷もそれがわかっているから、永利の好物を用意してくれたのだろう。

今いるテレビ局と、永利の所属事務所はたまたま近所にあるので、そちらで昼食を食べることになっていた。

事務所へ行くと、応接室にオムライスとお茶が用意されていて、桶谷とそれを食べる。

台本読みで十川が、落書きをしていた話をした。

「文字じゃなくて、絵でメモするタイプなんですかね。ただの落書きだったらすごいな」

桶谷は永利のように反感を覚えることはなく、逆にそのエピソードが面白かったらしい。感心して笑っていた。

「俺は、何こいつって思ったんだけど」

思っていた反応を得られなかったので、永利はムスッとして言った。向かいに座る桶谷は
「珍しいですね」と、永利の顔を覗《のぞ》き込む。

「永利君がそこまで、共演者の挙動を気にするの」

「そうかな」

「僕の知る限りでは初めてです。周りには気を遣いますし、共演者の演技のことはすごく気にしてますけど、それぞれの人間性については気にしないでしょう。ほら、前に共演した男性アイドルが、挨拶もせずにブスッとしてたことがあったじゃないですか。あれだって、目くじら立てたりしなかったですよね」

頭の中にある記憶をさらって、そういえばそんなこともあったなと思い出す。

当時、人気絶頂で主演を張っていた男性アイドルと共演した。向こうが主演で、こちらは準主役だった。

挨拶をしても、話しかけてもはかばかしい反応がなかったのだった。

「あの時は、さすがにムッとしたかなあ。それに、俺より桶谷君のほうが怒ってたでしょ」

「向こうのマネージャーがきちんと教育しないから、それを怒ってたんですよ。あのマネージャーも、たいがい態度が悪かったですよね。周りの評判も悪かったし。でも永利君も、その場でムカついても、現場を離れたらすぐ忘れちゃったでしょう。あの時、永利君て大らかだなって思ったんです」

「よく覚えてるな」

もう二年ほど前、『二人の男』の仕事が始まる直前のことだ。永利は今の今まで忘れていた。

だがそう、容易に忘れてしまえるくらいにしか、相手を意識していなかった。

共演者に対して、好悪の感情を抱くことは、滅多にない。小田と初めて共演した時、苦手だなと思ったし、今でもそう感じる部分はある。でも嫌いではない。誰にでも、いい部分と悪い部分がある。

なのに、今回の十川に限っては、気に食わないという感情が先に立つ。

「それだけ意識してるってことじゃないですかね。十川さんのこと」

「昨日、初めて会ったばかりなのに？」

「役者の直感とか。いや、わかりませんけど」

桶谷はそこまで言って、パタパタと手を左右に振ってみせた。

そうなのだろうか。自分は存外に、十川という役者を意識しているのか。

初対面の時、向こうが自分を嫌っているように思ったのも、よく考えてみれば気のせいかもしれない。自分が第一印象で十川に対して反感を持ったから、相手もそうだと感じたのかも。

考えてみたが、納得のいく答えは出なかった。当たり前だ。まだ十川とは挨拶しか交わしていない。

「内心はともかく、共演者とは仲良くやってください。って、永利君はわざわざ言わなくても大丈夫ですけど」

「うん。いつも通りやるよ」

売れない時期も売れている時期も、仕事仲間とは揉《も》め事なく、うまくやってきたつもりだ。

子供の頃から仕事をしてきて、末端のスタッフにまで気を遣うのは、もはや習い性になっている。

今回のドラマも、今まで経験してきた膨大《ぼうだい》な仕事の一つに過ぎない。

何も気負うことはないのだ。またぞろ、こみ上げてくる憂鬱さと闘いながら、永利は自分に言い聞かせた。

テレビ局に戻るまで、食事を終えて一休みする時間があった。

桶谷と簡単に打ち合わせをして、局に戻る。撮影のための楽屋が用意されており、メイクをしてもらってスタジオに入った。

指定された時間になったが、十川はまだ現れない。制作スタッフたちが、まだ楽屋にも現れていない、という話をしていた。

遅刻癖でもあるのかな、と、昨日のことを思い返して、永利はうんざりする。

ドラマの撮影は、ただでさえ待ちが長いのだ。一番絡む準主役が遅刻ばかりするのでは、撮影スケジュールにも差し障りが出てしまう。

イラついてから、また十川に対して辛辣《しんらつ》になっているなと、思い直した。

十川のそれはまだ、遅刻癖、というほどひどいものではない。そもそも、仕事を掛け持ちしているタレントや俳優は、前の仕事が押したりして、入りが遅れることはたまにある。他にも俳優は本当の理由を知らされないまま、撮影開始が大幅に遅れることもあった。

「そういえば、十川さんのマネージャーさんて、姿を見ませんね」

周りのスタッフに挨拶をして回っていた桶谷が、永利のそばに戻ってきて囁《ささや》いた。

言われてみればそうだ。もっとも、芸能マネージャーも事務所やタレントによって態勢が違う。桶谷のように、現場に常に同行し、タレントにぴったり張り付いているマネージャーもいれば、最低限しか現れない人もいる。

数人のマネージャーが一人のタレントを見ることもあるし、逆に一人のマネージャーが何人もタレントを抱えていることもある。本当にいろいろだ。

しばらくして、十川が文字通り、スタジオに飛び込んできた。

それほど広くはない室内で、機材の奥に座っていた永利からも、十川が汗だくになっているのがわかった。

「すいません、遅れて……」

走ってきたらしく、息が切れている。どこからか直接スタジオに来たらしく、まだメイクもしていなければ、衣装も午前中に着ていた私服のままだった。

時計を見ると十分ほどの遅刻だった。私的な感情を排して言えば、まだ誤差の範囲内だ。

制作スタッフが十川をスタジオの外へ連れ出した。楽屋に連れて行ったのだろう。しばらくして、十川は衣装のスーツに着替え、メイクを済ませて戻ってきた。

「瀬戸《せと》さん、遅くなってすいません。ご迷惑おかけしました」

スタジオに入ってすぐ、永利のそばまできて頭を下げる。こうして見ると、ごく普通の好青年に見えた。いや、普通よりはうんと顔立ちが整っているのだが。

「いや、大丈夫ですよ」

永利は笑顔を作り、努めてにこやかに答える。

撮影はすぐに始まった。最初にスチール撮影があり、永利と十川は設置されたスクリーンの前に立つ。

並んで立つと、十川の長身が際立った。

「十川君。背、高いね」

紹惟《しょうい》と同じくらいある。カメラに向かって表情を作りながら、永利は十川に話しかけた。

しかし、十川からは何も言葉が返ってこない。なんだよ、と少しムッとしたものの、その時はさほど腹を立ててはいなかった。

永利の声は小さかったし、カメラに集中して聞こえなかったのかもしれない。その後すぐにカメラマンの指示が出たから、答えようとして答えられなかったのかもしれないし。

なるべく良く考えるようにした。クランクイン前の今から、雰囲気を悪くしたくない。

その後も一、二度、永利は十川に話しかけた。独り言を言ったかもしれないし、カメラマンとも会話をした。

ただの雑談もあったが、位置やポーズを確認するための会話もあった。スチール撮りではいつもそんなふうにして撮影をするから、特にしゃべりすぎているという意識もなかったのだが。

ちょうど、カメラマンが機材を交換するので、撮影が中断された時だった。

額に薄《う》っすら汗が浮いていた。まださほど目立っておらず、間近にいる永利しか気づかないくらいの程度だったが、走ってきた上にスーツ姿で照明の光を浴びているから、暑いのだろう。少し休憩したほうがいいのではないか、と提案しようと思ったのは、十川のためでもあったし、一緒に仕事をする以上、宣伝用のポスターもよりいい出来にしたいと考えたからだ。

「十川君」

そう思って、声をかけたのだが。

永利の呼びかけに、十川はくるりと顔を向けてこちらを見た。目が合ったので、永利は「休憩……」と、言いかける。

こちらが話しかけようとしているのが、わかったはずだ。けれど十川は、永利との会話を避けるように、すぐさま顔を元に戻した。

「えっと、十川君？」

もう一度だけ、囁いてみる。けれどもう、十川はこちらを振り向きもしなかった。

（無視かよ）

それはちょっと、あからさますぎやしないか。ムッとしたが、ここで声を荒らげるわけにもいかない。

そうしているうちに、メイクスタッフが十川の汗に気づいたのか、「すみません、メイク直しまーす」と、声と手を上げ、走り寄ってきた。

十川のメイクを直すついでに、永利も化粧崩れを直してもらった。

呆然《ぼうぜん》としている間に、スチール撮影は終わった。

次はＶＴＲを撮るということで、薄っぺらい台本を渡され、一旦は休憩になる。

桶谷がミネラルウォーターを差し出してくれて、それを飲みながら台本を確認した。

台本と言っても、決まっているのは番組宣伝用のよくある宣伝文句だけで、あとはアドリブだ。

カメラの前に座り、十川と交互に決められたセリフを話す。十川は別段、永利の邪魔をするでも絡むでもなく、ごく普通だった。

永利もいつものように、至って真面目に与えられた役をこなし、撮影はスムーズに終わった。

スタッフと、それに十川とも「お疲れ様でした」と頭を下げ合って、ＣＭ撮りの今日の工程が終了した。

「瀬戸さんはまた明日、ハイドの撮りがありますので、よろしくお願いします。その際に、メイキングも撮らせていただきますので」

スタジオを去り際、制作スタッフが言った。

醜悪な容姿のハイドを演じる際には、特殊メイクが施されることになっている。毎回、ハイドの撮影の際には四時間かけてメイクをする、というのが、ドラマの宣伝文句にも使われていた。ハイドのシーンにはそれだけ、時間も費用もかかる。

明日のクランクインは、永利だけ早朝から現場に入り、ハイドになる。その際、CM撮りやメイキング映像の撮影も一緒に済ませてしまおうという計画だった。

「了解です。明日、またよろしくお願いします」

桶谷と並んで頭を下げる。桶谷がさらに、制作スタッフとスケジュールの確認をするというので、永利は先にスタジオを出た。

楽屋に向かう廊下の途中に、十川がいた。歩きながらスマートフォンをいじっている。周りにはちょうど、他に人がいなかった。

無視して追い越すのも大人気ないと思い、後ろから「お疲れ様」と、声をかけた。

「あ、お疲れ様です」

気づいて一瞬、顔を上げたが、廊下の端に寄るという発想はないのか、またすぐにディスプレイに視線を落とした。

こういう、他人のちょっとした無神経さに苛立《いらだ》つ自分は、心が狭いのだろうか。

あまり小舅《こじゅうと》みたいに小言は言いたくない。でも先ほどのことといい、共演者に対して十川の態度は、非友好的ではないだろうか。

ためらって、彼を追いこしてから、意を決して振り返った。

「十川君……」

君さ、ちょっと態度悪いよ。遅刻をしておいて。そんなことを言おうとしたのだと思う。どう切り込むべきか、直前まで考えあぐねていた。でも、そんなためらいも、すべては無駄なことだった。

十川はいつの間にか顔を上げ、永利を見ていた。

「瀬戸さんて」

先に口を開かれたので、二の句が告げなくなる。そんな永利の内心を知ってか知らずか、十川はふっ、と小馬鹿にしたような薄笑いを端整な顔に浮かべた。

「なんか普通っすね。周りが騒いでるから、もっとすごい人だと思ってたけど。意外と存在感が薄いな。売れたのも、カメラマンの彼氏のおかげですかね」

あからさまに悪意をぶつけられて、言葉が出てこなかった。

そうした永利の反応に満足したのか、十川は「お疲れ様でした」と、礼儀正しい挨拶をして、目の前にある部屋に入っていった。

いつの間にか楽屋の前にいることに気づいたのは、桶谷が追い付いてきてからだ。

気の良さそうなマネージャーの顔を見た途端、十川に対する怒りが込み上げてきた。

帰りの車の中で、桶谷に洗いざらいぶちまけた。

桶谷が「ひどいですね」「失礼な話じゃないですか」と、永利の気持ちに寄り添ってくれて、永利も彼に愚痴《ぐち》をこぼし、ようやくちょっとすっきりする。

それでも、完全に気が晴れたわけではなかった。明日も彼と顔を合わせなければならないのかと思うと、気が滅入《めい》る。

「永利君に対する、ライバル意識なんですかね。でも、それにしたってひどいな」

最初は聞き役に徹していた桶谷も、だんだんと怒りが増してきたらしく、ブツブツと文句を言っている。

「午後の撮影にも遅刻してくるし。制作スタッフさんには、場所がわからなかったって言ってたらしいですよ」

「向こうのマネージャーは、何してるんだろうな」

マネージャーも、常に現場に同行するわけではない。小田も、あまりマネージャーといるところを見たことがない。

これもケースバイケースだが、しかし、十川はこれが復帰作だ。何か問題が起こってはいけない。マネージャーが付いてサポートするのが当然ではないか。

永利の事務所、アイ・プロならそうする。桶谷だったら、仕事の集合場所や時間を間違えるなんてことは、絶対にしない。

「明日からの撮影で、十川さんが何か言ってくるようだったら、僕に教えてください。向こうのマネージャーと会ったらチクッと言っときますんで。あんまりひどいようなら、制作サイドにも相談します。まあ、そこまで行かないように、僕もなるべく二人きりにさせないよう気をつけますから」

制作側に相談するのは、最終手段だ。向こうは言わば、俳優や事務所にとっては顧客側で、顧客に泣きつくような真似《まね》はよほどのことがない限り、回避すべきである。

もっとも、その辺りのさじ加減を桶谷が間違えることはないだろう。永利のマネージャーに付いた時、彼はまだ新卒だったが、それでいてベテランも目を瞠《みは》るほどしっかりしていた。

桶谷が学生時代、バイト先の常連だったアイ・プロの社長が彼を気に入り、ぜひわが社にとスカウトしたというのは、事務所内では有名な話だ。

「ありがと。俺には桶谷君がいてくれるから、心強いよ」

「なんですか、急に」

照れ臭そうに桶谷が笑う。その後は、十川の名前が会話に上ることはなかった。途中のレストランで料理をテイクアウトして、自宅に戻った。

紹惟は仕事で留守にしている。今日はどちらも帰りの時間がわからないから、元より食事は別々にすることになっていた。

ダイニングテーブルにテイクアウトの料理を置いたが、食欲がわかない。

明日は朝が早いので、早く食べて早く眠りたかったのだが、不意に十川の顔が脳裏を過《よぎ》り、苛立ちがぶり返した。

「何なんだよ、あいつ」

昨日今日の様子を見る限り、他の共演者やスタッフとは、上手くやっているようだった。あんな嫌味を言ったりもしないのだろう。

なんか普通っすね、という、嘲笑《ちょうしょう》を含んだ声が忘れられない。

「何で俺に……」

昨日が初対面だったのに、どうしてこれほど嫌われなければならないのだろう。

そしてやはり、初めて目を合わせたあの時、嫌われていると感じたのは気のせいではなかったらしい。

キッチンでウォーターサーバーの冷たい水を飲む。喉の渇きを癒《いや》してすっきりしたが、心の靄《もや》は晴れなかった。

もう一杯、水を汲《く》んで、ダイニングテーブルに座る。料理が入ったレジ袋には手を付けず、尻ポケットに入れておいたスマートフォンで十川迅《じん》について検索してみた。

調べて相手のプロフィールを知ったからと言って、関係が改善するわけではない。けれど、十川のことが気になって、何かせずにはいられなかったのだ。

名前を検索エンジンにかけて、最初に出てきたのは、十川の事務所のホームページだった。

トップページに所属タレントの顔写真が並び、その中に十川もいたが、それ以上の情報は掲載されていなかった。

続いて検索に上がっていたのは、有名な事典サイトだ。こちらはうんと詳しい。

十川迅、二十七歳。俳優、ミュージシャン、ＤＪ。父親が経営するＫオフィス所属。

母は女優、花山涼子《かやまりょうこ》だ。ネットを見るまでもなく、永利も彼女のことはよく知っている。

かつて、日本大手の映画会社、東央《とうおう》映画の看板だった大物女優だ。もっとも、東央から独立して以降は、以前のような活躍はなくなった。

十川の姉は、現在は結婚してハワイに移住している。結婚前は、モデルとタレントをしていたらしいが、こちらは名前を聞いてもピンとこない。

母方の祖父も著名な映画監督である。父方の祖父は歌舞伎役者で、こちらの親戚にも俳優や女優、音楽家など、芸能関係者が並ぶ。十川の家はいわゆる、芸能一家なのだ。

十川迅は本名だという。

Ｋオフィスはもともと、花山涼子のための個人事務所だったそうだ。

十川は演技より音楽に興味があったのか、大学時代にはＤＪとして都内のクラブで音楽活動をしていたとある。

二十三歳で都内の私立大学を卒業、その年にどういう経緯でか、日東《にっとう》のドラマに出演したのが、俳優としての最初のキャリアのようだ。

このドラマのプロデューサーとして、『真夜中のジキル』のチーフプロデューサー、須藤《すどう》の名がある。十川が今回のドラマに呼ばれたのは、この時の縁なのだろう。

翌年、深夜ドラマで主演。これが話題になった。ネットの事典サイトでは、「クセのある独特の演技が話題を呼び」とあった。

さらにこの年に公開された映画にも出演し、映画のヒットもあって、十川迅の知名度は跳ね上がった。永利も、この映画で彼の名前を知った。

これを境に、短期間にいくつものドラマに出演。主演こそないが、必ずメインキャストに組み込まれている。この時まで、十川迅は俳優として確実に上り坂にあったはずだ。

ところが二年前、十川は傷害事件を起こす。

紹惟が言ったとおり、交際相手の女性と食事をした後、店の前で通りがかった男性数人に絡まれ、十川が相手を殴ってしまった。

この事件がワイドショーで取り沙汰《ざた》されていたのを、永利も薄っすら覚えている。

コメンテーターたちの論調が、どれも辛辣だった。どんな内容だったか詳細は忘れたが、十川が女優の母に甘やかされたボンボンで、もともと不良だった……というような報道の仕方だった。

事務所は十川に謹慎を言い渡したとし、当面は芸能活動を自粛《じしゅく》すると発表した。

事典サイトの記載は、そこで終わっている。

活動自粛から二年もの間、彼はどこで何をしていたのだろう。

紹惟も言っていたが、本人にその気があるなら、もっと早くに復帰していたはずだ。何と言っても、父親が所属事務所の社長なのである。

もう一度、Kオフィスのサイトを見てみたけれど、個人事務所から始まっただけあって、所属タレントも八名ほど、それほど大きな事務所ではないようだった。

その中で知名度があるのは、十川と十川の母親くらいである。

所属タレント一覧の顔写真は、一番上に花山涼子、その隣に十川の姉が並ぶ。姉もまだ、事務所に所属しているらしい。

それから、バラエティで見かける文化人や、よく知らないフリーアナウンサーの顔があり、十川は真ん中の辺りに掲載されていた。今よりいくぶん若い頃のもので、髪も金髪だ。

「自分だって、親のおかげじゃないか」

永利はスマートフォンをテーブルに放り出し、独りぼやいた。

二年も仕事をせず、なのに事務所がクビにしないのは、それが実の息子だったからではないのか。普通なら、とっくに契約を切られている。

彼の表情や声を思い出すたび、怒りが込み上げる。今すぐ十川のところに行って、彼のにやけた顔を張り飛ばしてやりたい。

十川の嫌味をこれほど引きずるのは、ただ悪意を向けられたからではない。

——売れたのも、カメラマンの彼氏のおかげですかね。

彼の放った言葉が、永利の内心を大きく抉《えぐ》るものだったからだ。

売れているのは、紹惟のおかげ。永利の実力じゃない。

自身がずっと気にしていたことを、指摘された。それも昨日今日、出会ったばかりの後輩格の俳優に。

十川は永利を嫌っているようだが、永利だって彼が嫌いだった。今日、大嫌いになった。恨んでいると言ってもいい。

自分がずっと後ろめたく思っていたことを、十川は暴いてあげつらった。

今の人気が実力じゃないことくらい、自分だってわかっている。だからこんなにも悩んでいるのに。

——あんな奴《やつ》、大嫌いだ。

「永利。大丈夫か？」

不意に紹惟の声が聞こえて、永利は覚醒した。

一瞬、自分がどこにいて、今まで何をしていたのか思い出せなかった。

肌に触れるシーツの感覚で、寝室のベッドにいるとわかる。薄目を開けると、いつの間にか隣に紹惟がいた。

今日は帰宅後、一人で早い夕食を摂《と》り、シャワーを浴びると早々にベッドに入った。寝る前に台本を読んで演技の確認をしていたせいか、仕事の夢を見ていた気がする。

「紹惟。いつ帰ったの」

それでもとにかく、隣に紹惟がいることが嬉しかった。もぞもぞと相手に身を寄せる。紹惟はクスッと笑って永利を抱き寄せた。

「ついさっき。シャワーを浴びたところだ」

なるほど、Tシャツを着た紹惟からは、ほんのりとボディソープの香りがした。

永利は顔を上げて、サイドボードの時計を覗こうとした。時計の文字盤を見る前に「二時過ぎ」と、紹惟が教えてくれた。

「起こして悪かった。だいぶうなされてたんで、声をかけたんだ」

背中を撫《な》でる手が心地よく、ふうっとひとりでに大きなため息が漏《も》れる。

「よく覚えてないけど、忙《せわ》しない夢だった気がする。ずっと逃げ回ってるみたいな」

「仕事のプレッシャーのせいじゃないのか」

「そうかも」

相槌《あいづち》を打ちながら、十川の顔が頭を過った。モヤモヤとした不快感が込み上げてくるのを、懸命に意識の外に追いやる。

紹惟に話そうかと思ったが、彼だって疲れているはずだ。まだ片足は眠りの縁にあり、このぼんやりとした心地よい感覚のまま、再び眠りに落ちたかった。

「おやすみ」

目をつぶると、紹惟が囁いた。つむじにキスをされる。

「眠れるなら大丈夫だ。眠れば、大抵のことは何とかなる」

背中を撫でながら、また紹惟がつぶやく。低い声は耳に心地いい。ようやく巣穴に戻ったような安堵《あんど》を覚えた。

自分はたまに、この男に父性を見出《みいだ》していると永利は思う。両親から受けることのなかった愛情を、紹惟に求めている。紹惟もまた、それがわかっていて永利を甘やかしている節がある。

恋人とは本来、対等なものでなければならないのだろう。けれど永利は、紹惟からもらってばかりだ。

受け取るばかりで、紹惟に何も返せない。

不意に「彼氏のおかげですかね」という十川の声が耳にこだまして、永利は慌ててそれを振り払った。

大きく深呼吸する。紹惟の匂いに満たされた。

眠りがゆっくりと永利を覆い、それから後は、夢も見ずに眠った。


翌日は早朝から現場入りし、いよいよ撮影が始まった。

最初に四時間かけて特殊メイクをほどこし、「ハイド」になる。

人工皮膚を張り付けた特殊メイクは、とにかく暑いし動きづらい。

おまけに、横では常にメイキング用のカメラが回っており、たまに永利に気の利いたことを言わせようとするので、メイク中も気が休まらなかった。

「鏡で見ても、特殊メイクだってわからない。すごいですね。でも、滑舌がうまくいかないです」

カメラの前で泣き言を言ってみたが、本当にこれで演技ができるのか不安になる。

特殊メイクはすごい。しかし、薬を飲んだだけでここまで別人になるものなのか、という、脚本へのツッコミも湧いてくる。

永利が覚える違和感は当然、視聴者も感じることになるだろう。

こうした細かな不自然さをカバーし、視聴者を自然にストーリーに引き込むのが、演出の妙であり、役者の演技の見せどころでもあるのだ。

そんな演技が、果たして自分にできるのか。どう演じるべきなのか。

鏡に映る自分ではない男を見て、不安は大きくなる。しかし、永利の個人的な懊悩《おうのう》をよそに、撮影は進んでいく。

メイキング映像とスチール撮りを済ませ、昼の休憩の後にドラマ本編の撮影が始まった。

スタジオに移動し、撮影セットの中で動きやセリフを確認する。数回のテストの後に本番となり、何度か動作を変えて撮り直したものの、あっさりとＯＫが出た。

演技をしたというより、着ぐるみを着て監督の指示通り動いただけ、という感じだ。

「あの、今みたいな感じで、大丈夫ですかね」

不安になった永利は、モニターの前にいる監督に、ソロソロと声をかけた。

「うん？　そうですねえ。最初のシーンにしては、うまくいったと思いますよ」

小太りなとっちゃん坊やな監督は、小さな目を瞬かせてうなずいた。主演俳優が何を主張し始めるのだろうと、わずかな警戒の色がある。

永利は「すみません」と、できるだけ軽い調子でまず謝った。

「動きもしゃべりも、感覚がいつもと違うし、まったく勝手がわからなくて」

「初日ですからね。でも、動きにもセリフにも、違和感はなかったですよ。自然な感じでした」

監督は安心させるように言葉を掛けてくれたが、永利が気にかけているのは自然かどうかではない。もどかしい気持ちを抑え、ありがとうございますと礼を言って引き下がった。

その後も監督の指示通り、流れ作業のように撮影はスムーズに進み、初日の撮影は終わった。

不完全燃焼のまま帰宅し、寝て起きれば翌日もまた、朝から撮影だ。

その日もまた次の日も、十川との絡みはなかった。一話目はまだ、十川の出番は少ない。

永利は主役なので、当然ながら出ずっぱりだ。ロケとスタジオを行ったり来たりして、疲労も蓄積してきた四日目に、十川と初めての共演があった。

学生時代からの親友である深見《ふかみ》と浅岡《あさおか》が、久しぶりに会って酒を飲むという場面だ。

営業終了後の飲食店を借りきり、二人の差し飲みシーンを撮る。

現場に時間より早く現れた十川には、今日は中年の女性が同伴していた。

小柄で小太りの女性が、十川のマネージャーらしい。十川の隣に立ち、周りのスタッフに挨拶をして回っていた。

永利のところにも、二人で挨拶に来た。

「瀬戸さん、よろしくお願いします」

ぺこりと頭を下げた十川は、マネージャーがいるせいか、今日は視線で威嚇《いかく》をすることもなく、至って普通だった。

女性はやはり十川のマネージャーだと名乗り、永利がメイクのためにその場を離れるのを見計らって、桶谷とも名刺を交換していた。

眉墨でくっきり描いた太い眉と、こってり塗《ぬ》ったオレンジ色の口紅が印象的だったが、口調ははっきりして表情も明るく、サバサバした女性に見えた。

こうして見る限り十川にはちゃんと、やり手のベテランマネージャーが付いているようだ。

（相手の心配なんかしてる場合じゃないか。いや、心配はしてないけど）

メイクと着替えのために移動しながら、内心で独り言《ご》ちる。十川のマネージャーがどんな人となりであろうと、どうでもいい。今はとにかく、演技のことだ。

十川は、あの男は、どんなふうに主人公の親友を演じるのだろう。

相手がどうでも、永利は自分の「深見恭介《きょうすけ》」を演じるつもりだ。自分にはキャリアもある。実績もある。

共演者に対して勝ち負けを考えたことはなかったけれど、十川と比べて決して自分が劣るとは思っていない。

なのに、なぜだろう。どれほど自分を鼓舞しても、鏡に映る「深見恭介」は、不安そうにこちらを見つめ返していた。


「相変わらず、お前は真面目だな。深見」

隣で呆《あき》れたように言う男を横目に、永利は手元の酒に目を落とし、小さく笑う。隣の男が、大きくグラスをあおるのが目の端に映った。

「――カット」

数秒の後に、声が上がる。永利も十川もわずかに身体《からだ》を弛緩《しかん》させただけで、体勢は変えなかった。

（普通だな）

永利は胸の内でつぶやく。すでに二時間ほど、友人同士の差し飲みのシーンを撮っているが、十川の演技には取り立てて目を瞠るものはなかった。

小田が、こちらがうかうかしていると「食われちまいそうだ」と言っていたし、十川のこちらを煽《あお》るような言動からも、相当に自信があるのだろうと踏んでいた。

しかし、蓋《ふた》を開けてみればどうだ。

永利のことを存在が薄いと言っていたけれど、自分の演技だって無個性だ。下手ではない。セリフとセリフの間を読むのが上手いから、こちらもやりやすい。でも、その程度の俳優なら他にも大勢いる。

彼と二人で演じてみて、なんだこの程度か、というのが正直な感想だった。親の七光り、という言葉が頭に浮かんで、それは意地の悪い考えだと打ち消す。相手に似たようなことを言われたからと言って、自分が同じレベルに落ちることはない。

しかしともかく、こちらが身構えるほどの演技力ではなかった。

怪演と呼ばれていた演技の片鱗《へんりん》も見えず、若手から中堅に向かう俳優の、こなれたよくある演技だと感じる。

「オッケーです」

モニターチェックが終わり、このテイクは完了となった。場所はそのまま、次のテイクに移る。今回の飲みの場面はカット割りが細かいので、演技も小刻みだ。

「結構暑くないですか、ここ。のど渇くから、ぜんぶ飲んじゃいましたよ」

突然、隣から声をかけられてハッとした。顔を上げると、十川がグラスを傾けてこちらに見せる。ロックグラスが飲み干されて氷だけになっていた。

それはいいとして、十川の親しげな態度が解せなかった。

永利はドラマのCM撮りの後の、彼の暴言とも言える言葉を忘れていない。本人だって、さすがに覚えているだろう。

気まずくはないのだろうか。それとも、ああいう中傷を平気で言える人間は、そもそも罪の意識など感じないのか。

十川への感情がますます悪化したが、こちらもいい大人だ。顔には出さなかった。

「俺の、飲む？」

軽口に軽口で返し、グラスを差し出す。十川は一瞬、鋭い目を瞠り、

「やったー。あざっす」

日に焼けた手を躊躇《ちゅうちょ》なく伸ばした。指の先がわずかに手に触れる。暑いと言っていたのに、指先は冷たかった。

「え、やっぱやだ」

永利は急いでグラスを引っ込めた。十川が笑いながら、引いたグラスを追いかける。

「何でですか。くれるって言ったじゃないですか」

「回し飲みって嫌いなんだよ。友達でも無理」

「マジですか？　俺、全然平気」

「十川君、大ざっぱそうだもんな」

そんなことを言い合う間も、グラスを奪われまいとする永利と、奪おうとする十川との攻防が続いていた。

じゃれ合いが始まって、周りも笑っている。永利も笑ったが、内心ではいったい、どういうつもりなんだと怪訝《けげん》に思っていた。

人懐っこそうにしているが、十川の目は笑っていない。笑いの形に細めるだけで、ずるそうにこちらを窺《うかが》い見ている。

「そこ、遊ばない」

監督が教師のような真面目腐った声で注意して、現場の空気は和気あいあいとしたものになった。

スタッフが素早く動いてグラスを交換し、水滴の付いたテーブルを拭《ふ》いて、次のカットが始まる。

永利が深見の顔を作ると、十川も悪ふざけをやめて居住まいを正した。

「それでは、本番いきます」

声に合わせ、永利の深見はグラスを持ち上げながら、何とはなしに隣を見る。十川のセリフから始まるカットだ。

十川の浅岡は、いつの間にか淡い笑みを湛《たた》えていた。

今まで彼が見せたことのない類《たぐい》の表情だった。繊細で優しく、でも一歩引いたような微笑《ほほえ》み。

一瞬、十川に紹惟の顔が重なって見えて、危うく息を呑《の》みそうになった。

動揺を押し隠した時、十川がゆっくり口を開いた。

それまでの、良くも悪くも健全そうな、いかにも警察官らしい声音ではなかった。

「お前がずっと、無理してるんじゃないかと思って」

ほんの少しトーンを抑えただけの、わずかな変化だ。なのにドキリとするほど、甘やかに耳に響く。

突然の演技の変化に、監督はストップをかけない。それとも演技が変わったと感じるのは、間近にいる永利だけなのだろうか。

グラスに添えられていた十川の手が離れた。その手が自分に重なる予感がして、身を硬くする。けれどその手は、グラスから少し離れた場所で握り込まれただけだった。

永利は十川を見る。カメラは十川を捉《とら》えており、永利は恐らく、後ろ姿しか入っていない。

「うまく言葉にできないんだけどさ。とにかく俺は、お前が心配なんだよ。恭介」

セリフと同時に、十川がまた、淡く微笑む。

――呑まれる。

頭の奥がひりつくような焦燥と共に、恋人の腕にからめ取られるような、不思議な高揚を永利は感じていた。


「小田さん。今日の撮影の後、お時間ありますか。もしよければ、飲みに行きませんか」

レストランでのロケがあった翌日、スタジオで小田の姿を見るなり、永利は近づいて早口に言った。

前日は深夜まで撮影で、今日はまた朝から現場入りだ。家には寝に戻っただけで、休んだ気がしない。もっともこれは、いつものことだ。

疲れていたが、それより気になることがあった。十川の演技だ。

それまで凡庸《ぼんよう》だと思っていた演技が、唐突に変わった瞬間があった。ほんの一瞬、ワンカットの出来事である。

十川の視線や声音が、まるで恋人に対するように甘く優しく、愛情がこもっていると感じられた。

もっと言えば、紹惟が永利に対する時の態度によく似ていた気がする。

だがこれは、永利がそう感じただけなのだろう。恋人同士の空気感など、十川が知るはずもないし、知っていたとて演技に取り入れる理由がない。

あのワンシーンは、一発で監督のＯＫが出た。すぐに次の撮影に入ったから、あの演技について監督が何を思ったのかわからない。もとより、カットごとの演技の批評など、普段からあまり聞くことはない。

永利の顔はカメラの枠外にあったから、あの時どんな表情をしていたのか知っているのは、十川一人だけだ。

その十川も、あのカットの後は別に変わった様子はなかった。

「やっぱ暑いっすね」

と、気温を気にして、グラスのお茶を飲み干していた。その後はあの、上手くも下手でもない演技が続き、その日の撮影は終わった。

あれは何だったのだろう。ただの偶然ならいい。でももし、何かを意図したものだったら。彼の存在に呑まれると、あの時確かに思った。波にさらわれて溺《おぼ》れるような、そんな恐怖と焦りを覚えたのだ。

十川の過去の出演作品を確認したかったが、そんな時間はなかった。くたくたに疲れて帰り、翌日に備えて台本を読んで、眠った。

紹惟は先に帰っていて、ほんの数時間、ベッドの中で一緒に眠っただけだ。

おかえり、ただいまと挨拶を交わした記憶はあるが、それ以上の会話をすることもなく、翌日は永利より早く家を出て行った。

永利の頭には、寝ても覚めても十川のあのワンシーンがこびりついていた。

たかがワンシーンだ。だが、これを放っておいてはいけない気がする。

そこで思い出したのが、小田だった。彼は初日の台本読みで、十川の演技を評価していたのだ。

正直な話、永利はあの時も、十川がそこまで脅威だとは思っていなかった。ただ、いけすかない奴だと思っていただけだ。

小田はあの時、十川に何を見たのだろう。

気になるといても立ってもいられず、桶谷に「小田さんに演技の相談をしたい」と、あらかじめ断り、撮影現場に着くなり小田に声をかけた。

二人で飲みに行って、十川の演技について聞いてみようと思ったのだ。

今日は小田と二人きりのシーンだ。撮影も同時に終わるはずで、この日を外してチャンスはなかった。

小田は会うたび、永利を飲みに誘ってくる。てっきり二つ返事で了解してくれると思ったのに、彼はなめし革みたいな額に皺《しわ》を寄せ、眉をハの字に引き下げて難色を表した。

「もぉー、瀬戸ちゃーん。間が悪いねえ」

ドラマの撮影の後、別の仕事が入っているとのことだった。

「ごめんねえ。でも、あんたから誘ってくれるなんて、初めてじゃない。どうしたの。なんかあった？」

好奇心を滲《にじ》ませて、こちらの顔を覗き込んでくる。

「いいえ、演技の相談をしようと思って……」

周りには他のスタッフもいる。十川の名前を出すことはできず、モゴモゴと言い訳めいた口調になった。

「演技？　今さら俺に相談しなくても、あんたなら大丈夫！」

突き放したように肩を叩かれる。ありがとうございます、と礼を言い、また今度ぜひ飲みに行きましょう、うん絶対ね、と社交辞令を言い合って、その場を離れた。

その日の撮影も、順調に進んだ。小田はちょくちょく台本にないアドリブを入れてくるが、永利は一度共演したことがあるせいか、何となくここで来るなというのがわかる。

小田に乗せられてこちらもアドリブを入れることがあって、即興のような演技の応酬は楽しかった。監督は制御が大変だろうが、芝生を自由に転げまわるような、一種の爽快《そうかい》感がある。

終わってみると、それまで感じていたフラストレーションのようなものが、ほんの少し晴れた気がした。

撮影終了後、スタジオから楽屋へ移動する際、小田に声をかけられた。

「一緒にかーえろっ」

そんなことを言われたのは、小学生以来である。一緒にとは、楽屋までなのか。それともスタジオを出た後、途中まで一緒に行こうということなのか。

答えに窮していると小田が、

「もう桶谷君には、ナシ付けてあんのよ。車で途中まで送ってくれるって」

「あっ、そうなんですか」

答えたものの、事情がよくわからなかった。じゃあ後で、とお互いの楽屋に戻り、廊下で待ち合わせた。

どうしてこの時、すぐに小田の意図に気づかなかったのか。後で気づいて、永利は自分の鈍さがほとほと嫌になった。

「で、演技の相談って何よ」

小田と一緒に車の後部座席に乗り込んだところで、彼が切り出してきた。

そこでようやく永利は、小田が一緒に帰ると言った理由に気づいたのだ。本当に鈍い。

同時に、小田の面倒見の良さに感激した。飲みに行けない代わりに、こうして時間を作ってくれたのだ。

いつも地声が大きくて耳が痛いし、ひねくれていて癖も強いが、役者という仕事に関しては誰より真摯《しんし》だ。

「すみません、小田さん。ありがとうございます」

「そういうのいいから。何に悩んでるって？　桶谷君、さっさと車出しちゃって」

怒ったように声を大きくするのは、照れ隠しなのだろう。桶谷が声を出さずに笑いながら、車を発進させる。

小田の目的地は銀座《ぎんざ》だという。彼の事務所がそこにあるのだそうだ。

ここから車でさほど時間はかからない。ぐずぐずしている暇はなかった。単刀直入に、永利は切り出した。

「小田さん。最初の本読みの時、俺たちも頑張らないと十川君に食われるかもって言ったの、覚えてますか」

「おお？　ああ、そんなこと言ったかもね」

それで、と小田は目顔で先を促す。どう説明したものか、永利はわずかに迷った。

「俺は正直あの時、十川君に対してそんなこと思わなかったんです。まだ本読みの段階でしたし。ただちょっと……変わった子だな、としか」

感じが悪いと言いそうになって、急いで別の言葉に言い換える。しかし小田は、先日の風景を思い出すように宙を見て、「ああ」と、うなずいた。

「挨拶ん時、あんたのこと睨んでたよね。その後もずっと目で追ってたし」

「そうなんですか？　いや、睨まれたのは知ってますけど」

その後もずっと見られていたとは、気づかなかった。

「横目でずっとあんたのこと見てたの、気づかなかった？　俺、あいつの反対隣にいたからさ。バリバリ対抗意識燃やしてるな、って思ったのよ。そっか、瀬戸ちゃん鈍いんだったね」

「すみません」

鈍いのはその通りなので、謝った。小田はどうでもよさそうに、「いいえー、どういたしまして」と、合いの手を入れる。

「それで何。昨日はタイマン仕掛けてきたとか」

「いや、そういうわけじゃないんです。むしろ普通だなって思って。下手でもないけど上手くもない。なんだ、大したことないなって思ってたんです。でも一瞬、すごく気になる場面があって。こいつはヤバいなって」

うまく言えないが、そういう言葉にできない焦燥を、同じ役者の小田は嗅《か》ぎ取ったようだ。

「瀬戸ちゃんも、対抗意識燃やしちゃったわけだ。バリバリと」

「はい」

対抗意識。恐らく、そういうことなのだろう。その単語にわずかな違和感を覚えながらも、他に感情の説明が付かず、永利はうなずいた。

「小田さんから見て、十川君の演技、どう感じました？」

「演技っつっても、本読みしか見てないけど。俺、彼との絡みはないしね。撮影日がほんの数日、かぶってたかな、ってくらいで」

　それでも、彼は十川を評価したのだ。永利が無言で見つめると、小田は頭を掻《か》いた。

「俺もあの時、勢いであぁ言っちゃったけど、あんまり深い意味はなかったのよ。あんたに発破かけたかっただけで」

　ただ、と小田は続けた。

「我が強そうじゃない、彼。見るからに反逆児って感じでさ。近頃はほら、若手もみんないい子でしょ。しらけ世代だかさとり世代だか知らんけど、最近、俺が共演する若い子はみんな、礼儀正しくて感じがいい子ばっかよ。十川君も一見、礼儀は正しいけどな。がむしゃらで泥臭い感じがしたのよ」

「がむしゃら、ですか」

　永利の中では、芸能一家に育ち、親に甘やかされている今時のボンボン、というイメージだった。

　初対面の感じは、いいどころか悪かったし。小田の評が納得できず、首を傾《かし》げる。そんな永利の反応を面白がるように、小田は顔をくしゃりと歪《ゆが》ませて笑った。

「目が違ったね。本読みで会議室に集まってた奴ら全員、へこましてやろうって気概かな。ギラギラして、なんかやらかしそうな目をしてた。ああいう目をした若い奴は、侮《あなど》っちゃならねえと思ってる。俺の経験則だけど」

小田の十川に対する所感は、演技以前の話だった。それも目つきがどうのと、何とも曖昧《あいまい》なものである。

昨日の十川の演技に引っかかりを覚えていなければ、永利はあまりに具体性のない小田の話に、落胆していたかもしれない。

だが昨日の永利もまさに、十川のあの一瞬の演技の中に、「何かをやらかしそう」だと感じていたのだ。

ただの見せかけだけかもしれないが、小田は十川のそうした目を、侮ってはならないと言う。

「あんたが、何を気にしてるのか知らないけどさ。俺や周りの批評は置いておいて、共演したあんた自身が十川君の演技に何か衝撃を感じたのなら、彼にそれだけのパワーなり、パッションなりがあったってことでしょ。それは、一瞬かもしれない。そのシーンだけかもしれないけど、少なくとも共演者をハッとさせるような、何かがあったのは確かなんだよ」

窓の外を覗き込みながら、小田は言う。車は銀座の大通りに差し掛かっていた。

小田の言うとおりだ。他人がどう感じたかはともかく、永利は彼の演技に焦燥を覚えた。

そう感じさせる何かが、確かにあった。たとえ一瞬、ただの偶然であっても、確実に。

ならば自分は、そのパワーだか情熱だかを超える演技をしなければならない。

存在を示すこと、感嘆させること、新しい瀬戸永利を見せること。制作スタッフは、視聴者は、主演である永利にそれを求めている。

たぶん恐らくは、紹惟も。

「瀬戸ちゃん、十川君のデビュー作、見た？」

わずかな沈黙の後、車窓を見ていた小田はこちらを振り返った。

「リアルタイムでちらっとだけ、見たことがあります。今回と同じ枠のドラマですよね。『女神の後ろ髪』」

事典サイトにも書いてあった。だからあれが、十川の俳優として一番最初のキャリアだと思っていた。しかし小田は「違う違う」と、すぐさま否定した。

「ドラマじゃなくて、映画だよ。十川君のデビュー作は。学生時代に出たやつ」

「えっ、そうなんですか」

初耳だった。十川のキャリアは、大学卒業後に始まったとばかり思っていた。

「俺は英子《えいこ》ちゃん……あ、今回のチーフプロデューサーね。須藤英子さん。彼女からそう聞いてるよ。大学時代にクラブで皿回してて、その知り合いの伝手《つて》で、映画に出たって。映画そのものは話題にもならなかったらしいけど。その映画を見た英子ちゃんが、十川君の演技に惚《ほ》れこんで、『女神』のオーディションに誘ったんだよ」

それが、十川を世間に知らしめる作品となった。須藤チーフプロデューサーが指揮する今回のドラマが、十川の復帰第一作になったのも、当時の縁があったからだろう。

「英子ちゃんは、十川君の才能に惚れてたね。ほんとは主演も、彼でやりたかったんじゃないかな。お宅の事務所との力関係がなかったら」

小田は人の悪そうな笑みを浮かべて、ちらりと運転席の桶谷を見る。桶谷は、話など聞こえないふりをしていた。完璧な演技だ。

「十川君が気になるなら、あんたも見てみなよ。俺もオンデマンドっての？　あれで見たよ」

「どうでした？」

思わず聞いてしまった。小田は焦《じ》らすようにのんびりした口調で、「面白かった」と、答えた。

「上手いか下手かっていうと、稚拙だったけどな。くどいような演技だが、それが妙に癖になるっていうかね。ほら、タイ料理みたいなもんだよ。和食で育った俺からしたら、変な匂いに甘辛酸っぱいヘンテコな味なのにさ。後からまた、無性に食いたくなるっていう。あ、今度、タイ料理食いに行こうぜ。美味《うま》い店、見つけたから。……桶谷君、ここらでいいや。降ろしてちょーだい」

小田はタイ料理にハマっているらしい。また長時間、飲みに付き合わされそうな、嫌な予感がしたが、わざわざ時間を作って相談に乗ってくれたのだ。

「はい、ぜひ。ありがとうございました」

降車する小田に、神妙に頭を下げた。身体半分、車外に出ていた小田は、そんな永利をちらりと見て笑う。

「あんたがどんな顔で俺を殺《や》るのか、楽しみにしてるよ」

家に帰り、シャワーを浴びるとすぐ、リビングにある大型モニターの電源を入れた。手元のスマートフォンで映画の情報を調べつつ、テレビとも連携している動画配信サービスを検索し、十川のデビュー作だという映画の配信サービスに辿《たど》り着いた。

映画は、女子大生の主人公とその家族が、ふとしたことから犯罪に巻き込まれていくというストーリーだった。

十川は、犯罪組織と繋《つな》がりのある半グレの役だ。主人公一家と組織を繋ぐパイプ役として、ちょくちょく顔を出す。

彼自身はキーパーソンというわけではなく、本当にただの繋ぎ役、話の大筋に関わることはない。ほんのちょい役といったところだ。本来ならば。

初登場のシーンでは、いかにもなチンピラで、演技にも芸がない。むしろ、中途半端に二枚目なので、存在がくどく感じる。

しかし、二度、三度と現れるうちに、親近感のようなものが芽生えてくる。

映画の後半、犯罪組織とそれに関わる半グレたちのほぼ全員が死ぬのに、彼だけは死なずに、いつの間にかしれっと最後まで生き残っている。

ラスト、平和な日常に戻っていく主人公の女子大生を、たまたま路上で彼女と遭遇した十川が見送る。

セリフはない。ただ半笑いを浮かべ、一瞥《いちべつ》もせず自分の前を通り過ぎる、彼女の背中を見送るのだ。

その皮肉げでうつろな半笑いは、映画の序盤からラストを通して、彼のトレードマークとなっていた。

最初はいやらしく不快に見えた笑いが、ラストでは主人公に対して親愛や優しさが込められているようにも感じられる。

映画そのものは、サスペンスのようでホームドラマのような、どっちつかずで退屈な出来だったが、この十川と主人公がすれ違うシーンによって、清々《すがすが》しい締めくくりになっている。

演出の妙というより、十川の存在のおかげだ。

彼が道化師のような役回りでたびたび幕間《まくあい》に登場し、観客を次のシーンへと巧みに誘導していく。一貫性のない演出が、十川を配置することによって、深い意味があるかのように見えてくる。

確かに、玄人《くろうと》好みかもしれない。演出家や脚本家、演劇の裏方が好みそうな芝居だ。しかし、普通に見ても十川は魅力的だった。

それを悔しいと思うより、感動を覚えて、永利はまた最初から映画を再生した。

相変わらず映画そのものは、あまり面白くない。大筋は面白そうなのに、必要と思えないシーンが多く、それでいて必要な説明が足りない。

二度目は部分的に早送りにして、十川の登場シーンだけを見た。

癖になる、と小田が表現した理由が、わかる気がした。

この頃の十川の演技は、くどいし拙《つたな》い。しかし、永利がデビュー作だと思っていたドラマよりも、こちらの映画の方が彼の魅力をより引き出している気がする。

――ほんとは主演も、彼でやりたかったんじゃないかな。

小田が言っていたことは、恐らく正しい。

チーフプロデューサーの須藤は、十川のジキルとハイドが見たかったはずだ。永利でも、ジキルはともかくハイドは十川の方が上手くやれると思う。

この映画の半グレのように、アウトローの悲哀と魅力を持つハイドになっただろう。

焦燥がまた、じわりと腹の底から滲む。けれど繰り返し、映画の十川を追ってしまう。

「十川迅《じん》の映画か？」

突然、声をかけられて、永利は本気で驚いた。

いつの間にか、リビングに紹惟が立っていた。しかもシャワーを浴びた後らしく、濡《ぬ》れ髪に半裸という格好だ。

「え、紹惟？　あれ、いつ帰った？」

永利が帰宅した時には、いないと思っていた。もしかして、すでに帰宅していたのだろうか。

しかし、紹惟の答えは「さっき帰ってきた」だった。

「何度か声をかけたんだ。お前のすぐ真横を通ったんだぞ」

「マジで？　ぜんぜん気づかなかった」

携帯の時計を見ると、帰宅してから三時間近く経《た》っていた。もう日付が変わっている。

それほど集中していたつもりはなかったのに、気づいたら没頭していたらしい。

「気づかなくてごめん。おかえり」

映画は一時停止にして、紹惟に近づく。彼は無表情だった。もっとも、普段からあまり表情の豊かな人ではない。

無視して不貞腐《ふてくさ》れているのかな、と思ったが、「ただいま」と、答えた声はいつもどおり柔らかだった。

抱きしめられ、キスを交わす。これもいつも通りだ。そう思ったのに、身体を離そうとしたら、ぐっと腰を抱き寄せられた。

驚いていると、再び紹惟が覆いかぶさってくる。深く唇を重ねられた。

「ん……」

わずかに顎を引けば、すぐさま追いかけられる。舌が唇を割って入り、粘膜を嬲《なぶ》られた。まるで逃がすまいとするかのように、彼の腕は強く永利を拘束する。

「ん、待っ……苦しい」

執拗《しつよう》に唇を塞《ふさ》がれ、呼吸が苦しくなってもがいた。途端、相手もハッとしたのか、拘束が解かれた。

「どうしたんだよ、急に」

困惑しながら相手を見ると、紹惟もまた、呆然とした様子でこちらを見つめていた。

わずかに見開かれた瞳が、戸惑うように揺れている。

永利の頭の裏を押さえていた手が、前に回ってためらいがちに頬を撫でた。

「悪かった。もう一度、キスしていいか」

そう言った声も、遠慮がちだった。あの紹惟が？　まったくらしくない。

「いいけど」

釈然としないながらも、永利は自分から紹惟にキスをした。逞《たくま》しい腕が再び永利の腰に回ったが、今度は抱きすくめられることはなかった。

紹惟は何度か、恭しく永利と唇を重ねた。頬とまぶたにもキスをして、ようやく離れる。

かと思ったらまたすぐ、抱きしめられた。

先ほどのような、相手を拘束するような抱擁《ほうよう》ではなく、チークを踊るような軽いものだ。

「何か、仕事であった？」

彼らしくない。その理由を考えて、真っ先に思い浮かんだのは仕事のことだ。けれどそれはすぐ、「いや」と、短く否定された。

「――嫉妬《しっと》した」

互いの頬をすり寄せるようにして、紹惟がつぶやく。

「嫉妬？　焼きもちのこと？」

よく意味がわからなくて聞き返す。低い呻《うめ》きのような声で、肯定が返ってきた。

「誰に？」

尋ねると、紹惟は軽く肩を揺すって笑う。

「お前が、他の男を熱心に追いかけてるからだ」

「はあ？」

何だよ、ここまで引っ張っておいてジョークかよ、と本気で考えた。

抱擁を解き、恋人の顔を見る。紹惟の表情は柔らかいが、笑ってはいなかった。冗談ではなく、真面目に言っているのだとわかった。

「仕事だよ？　思ってた以上に演技が良くて、没頭しちゃったけどさ」

恋人に嫉妬されるような感情はない。それはいちいち、言葉にするまでもないことだった。

「わかっていても妬《や》けるんだ。恋人にはいつだって、自分だけを見てもらいたいもんだろう」

紹惟は物言いたげに永利を見つめた後、やがて軽い口調でそんな言葉を口にしたが、彼が本当に言いたかったセリフではないような気がした。

まったく奇妙だった。紹惟は、普通の人間なら言いにくいようなことでも、ためらわずずけずけ言う男だ。言い淀《よど》むこともまずない。

そもそも、紹惟が焼きもちを焼くというのも、彼らしくなかった。

正式に付き合うまで、彼は自分がしていたのと同じように、永利もまた紹惟以外の男と寝ていると思っていた。

永利が勘違いさせるように仕向けていたからだが、お互い他に寝る相手がいるとわかっていながら、十年もの間、彼は何も言わなかった。

そんな男が今さら、永利が若手の俳優に目を移したからといって、嫉妬するものだろうか。

納得しがたいが、ここで問答する気はなかった。すれ違いの多い生活で、数日ぶりに恋人と会話を交わす機会を得たのだ。どうせなら、恋人と甘い時間を過ごしたい。

「俺が誰のものか、確かめてみる？」

気を取り直し、永利は紹惟の首に腕を絡めた。紹惟もこちらの考えが伝わったのか、にやりと面白がる笑いを浮かべる。大きな手が、永利の臀部《でんぶ》をいやらしく撫で上げた。

「明日も撮影だろう」

「しない？」

「……とは言ってない」

冗談めかして言うから、永利も笑った。たちまち、二人の間にあった遠慮めいた空気は消え、甘やかでくすぐったいものに変わる。

「けど、最後までしないほうがいいだろう」

「最後って？」

わざと聞いた。紹惟の指が、永利の尻のあわいに潜り込み、窄《すぼ》まりの辺りをぐっと押し上げる。

「ここに俺のをぶち込んで、思いっきりガン掘りしてやるって意味だ」

彼のペニスに抉られる感覚を思い出し、腰が重くなった。勃《た》ち上がりかけた自身を押し付けると、紹惟のそこもすでに硬くなっていた。

「……したいな」

もうだいぶ長い間、紹惟のそれを味わっていない。自分でも予期せず、悩ましい吐息が漏れてしまった。触れ合って快楽を引き出し合うだけでなく、深く繋がりたい。

「俺もだ。でも駄目だな」

「煽っておいて、ひでえ」

やだ、こんなんじゃ寝られない、と駄々をこねると、紹惟はクスクス笑って永利を強く抱き締めた。

「何もしないとは言ってない。最後までしないと言ったんだ」

「どこまでやるんだよ」

「最後の手前くらいだな」

なんだそれ、と永利は笑った。紹惟は笑いながら永利の服を脱がせる。

最初にシャツを剝《は》ぐ前に、永利の首筋に鼻を近づけていた。匂いを嗅いだらしいとわかって、顔が熱くなる。

「変態っぽいな。気になるならもう一度、シャワー浴びてこようか」

「お前が気にすると思って、確認しただけだ。俺は二、三日風呂に入ってなくても気にしない」

「いや、気にしろよ」

紹惟は「一週間でも気にならない」と返した。ギャーとわめく永利を笑って抱え上げ、ソファになだれ込む。

永利の足元にひざまずくと、ズボンの前をくつろげて反り返ったペニスを引き出した。軽く陰茎を扱《しご》きながら、こちらを見上げてにやりと笑う。

「お前のなら、余裕でくわえられるけどな。今度試してみるか」

「絶対、やだ」

一週間も風呂に入れないのも、それを紹惟にくわえられるのも、考えただけでゾッとする。

そう言おうとしたが、熱くぬめった粘膜にペニスが包まれ、ため息が漏れた。

「う……」

舌先が器用に鈴口を突き、音を立てて亀頭をしゃぶられる。長い指が器用に竿《さお》を扱いた。

「待って、マジで……も、出そう」

このところ、自分でも慰めていない。紹惟の巧みな愛撫《あいぶ》で、あっという間に達してしまいそうになった。

「早いな」

口を離し、わざと呆れの混じった声音で言う。うるせー、と足をばたつかせると、紹惟はまた笑いながら次の行動に移った。

素早く永利のズボンを足から引き抜き、続いて下着も取り払う。尻を持ち上げられた。

「待った、それ、いいから」

永利は気づいて止めたが、紹惟は笑みを深めただけだった。会陰に紹惟の吐息を感じ、ぬめった舌先が窄まりに潜り込んでくる。

「あ、もう……いいってば」

腕を伸ばして紹惟の髪を摑《つか》んだが、やめてくれなかった。永利が恥ずかしがるとわかっていて、わざとやっているのだ。

恥ずかしいし、気が気ではないのだが、紹惟はためらいなく舌を突き入れる。かと思うと陰《いん》嚢《のう》を舐《ねぶ》り、竿を扱き上げた。

容赦のない愛撫に、すぐさま抵抗する気力が奪われていく。

「ん……ぅ、んっ」

今日の紹惟は、なんだか本気だ。痺《しび》れて停滞していく思考の端で、永利は思った。必死で余裕がない。彼のやや強引な愛撫は、巧みだがそんなふうに感じられる。

でも永利は、すぐさまその考えを放棄した。

あの紹惟が、恋人の些細《ささい》な行動に嫉妬して、余裕がなくて必死なんて、信じられない。

「……永利」

永利を再び射精寸前まで追い立てると、紹惟は立ち上がり、ソファの上でぐったりしている永利に覆いかぶさった。

彼のガチガチに硬くなったペニスが、愛撫に蕩《とろ》けた永利の窄まりに押し当てられる。

「紹惟」

一瞬、期待をしたが、最初の宣言通り、欲望のまま突き立てられることはなかった。ぬめった先端が陰嚢を擦《こす》り、永利の裏筋を刺激する。

永利も性器に手を伸ばし、腰を揺すって快楽を高めた。

「紹惟、紹惟……」

うわ言のように呼ぶと、紹惟が軽く息を詰める。絶頂をこらえる時の表情だ。

永利はその顔が好きだった。快楽と幸福に心まで蕩けていく。

紹惟と抱き合っていると、身も心も彼でいっぱいになる。紹惟のこと以外、何も考えられなくなる。

そのはずだったのに、今夜はちらりと、十川の顔が脳裏に浮かんだ。

もう少し、彼の演技を確認したかったなと思う。

一瞬、浮かんだその思考はしかし、「永利」と耳元で囁く官能的な声音に、すぐさまかき消された。


翌週の最初の撮影日に、永利の「ハイド」は女子大生を殺した。

アイドルグループ出身の若手女優の首を、特殊メイクを施した手が締め上げる。

彼女は、自分の苦悶《くもん》の表情が美しく見えるかどうか、その一点に注力しているようで、殺人犯に対して恐怖も反発も感じられない陳腐な演技に、永利は少しばかり苛立った。

しかも、カットの声がかかった後、永利に甘えるような、媚《こび》を含んだ上目遣いをして見せる。

永利がゲイだという話は、この業界では有名なのに、彼女は何を期待しているのだろう。

苛立ったけれど、反射的にそつのない笑顔を浮かべてしまう。

「痛くなかった?」

「ぜんぜん。大丈夫です」

可愛《かわい》く笑って見せる彼女に苛立って、辛辣な言葉が口をついて出そうになった。

ここ数日、特に心に余裕がない。先週、十川のデビュー作を見てからだ。

十川が主役だったら、彼ならどんな「ハイド」になっただろうと、そればかり考えてしまう。

デビュー作の映画を見た翌日から、彼の出演作品を可能な限り視聴し直した。

いずれも彼らしい、彼にしかできない演技をしていた。

どの役も素直ではない。癖がある。人によってはそれを、うるさいと感じるだろう。好みの分かれる演技だ。

でも永利には、不思議と彼の演技が心地よく感じた。繰り返し見てしまう中毒性のようなものが、十川にはある。

そうして繰り返し彼の演技を見るうちに、十川ならばどんなふうに「ハイド」を演じるか、薄っすらと想像できるようになった。

「ハイド」について、永利はずっと、そのキャラクター像が摑めずにいた。

しかし、主演を十川に置き換えることで、「ハイド」の姿が実像を結んだ。

キャラクターは摑めたが、それからはどう「ハイド」を演じても、十川の演技の模倣《もほう》になってしまう。

「深見恭介」の時はかろうじて自分を保っているものの、特殊メイクを施すと、過去の作品で目にした十川の演技をなぞっているのだ。

これではいけない。永利は、瀬戸永利の「ハイド」を演じなくては。

十川をモデルにするにせよ、それは彼の演技の模倣であってはならない。下手な物真似は、見ていて決して心地よいものではないからだ。

十川の「ハイド」を想像して真似るなら、それを自分の中で消化させ、永利自身のものにしなければならない。

少なくとも、永利自身はそう考えている。考えてはいるのだが、現実にはうまくいかない。

永利の苦悩をよそに、撮影は順調に進んでいた。

今日もまた、十川の物真似と感じながら演じた「ハイド」に、すんなりとOKが出た。

「瀬戸さんの『ハイド』いいですよ。ちゃんと、いやらしい嫌な奴になってる」

監督が、「ハイド」の演技で相談をしたのを覚えていて、声をかけてくれた。

「よかった。ありがとうございます」

微笑んで礼を言ったが、内心は複雑だった。これは自分の演技じゃない。

気づく人は気づくだろう。視聴者だって馬鹿じゃない。十川の演技の真似だと、誰かがSNSなどで指摘するかもしれない。

新たな悩みが浮上し、紹惟に相談してみようか、とも考えたが、実行に至っていない。

嫉妬した、と言った時の、彼の呆然とした表情を思い出してしまうのだ。

あの言葉がどこまで本気だったかはともかく、紹惟に打ち明けるのはためらわれた。どうやっても十川の真似になるのだと言ったら、呆れられるかもしれない。恋人なのに遠慮しすぎる、とも思うのだが、永利は彼を失望させたくなかった。

永利はまだ半分、片想《かたおも》いだった頃の気持ちを引きずっている。恋人になったからすっかり安心、とはとても思えない。

みっともないところを見せたくない。紹惟にはできる限り、綺麗《きれい》なところを見せたい。

こんな時、構えることなく愚痴をこぼせる友人に一人だけ心当たりがある。

しかし生憎《あいにく》、梅田誠一《うめだせいいち》は今、バラエティのロケでイギリスに長期滞在中だった。めちゃくちゃしんどい、というメッセージがたびたび入っていたから、本当にハードなスケジュールなのだろう。

そんな彼に、時差も考えず愚痴をこぼすのはさすがに申し訳ない。

悩んでいる間にも時間は過ぎる。週の半ば、いわゆる撮休と呼ばれる撮影の休止日があったが、ほとんど寝て過ごした。寝ている以外の時間は、筋トレをしたり食事をしたりしながら、十川の映像を見ていた。

紹惟とは、例によって休みが合わない。

まともに顔を合わせたのも、前の週にリビングでセックスをした日が最後だった。

撮休のその日も、永利がベッドに潜り込んでウトウトしかけた頃、ようやく帰宅したようだ。

階段を上ってくる足音がして、間もなく寝室のドアが開かれる。そっと足を忍ばせて、紹惟が近づいてくるのがわかった。

永利はベッドで目を閉じながら、いつ目を開けておかえりと言おうか迷っていた。

一方で、声を上げるのが億劫《おっくう》でもあった。このまどろみの中、紹惟にキスをされ頭を撫でられて、眠りに落ちたい。

「永利」

意識が眠りに傾き始めた時、紹惟の声がそれを引き留めた。

珍しいことだ。しかし、永利を起こす意図はなかったらしく、再び名前が呼ばれることはなかった。

さらりと額の前髪を撫でられる。永利は懸命に眠気を振り払い、声を上げた。

「ん……おかえり」

衣擦《きぬず》れのような微《かす》かな笑いと、低い「ただいま」という囁きが耳朶《じだ》をくすぐる。

軽いキスの後、紹惟は永利の額を一撫でし、上体を起こした。

バスルームへ向かうのだろう。身を翻《ひるがえ》した紹惟の身体から、ふわりとトワレの残り香が漂った。

（あ……）

ほんの一瞬、彼のものではない香りがした。

男女どちらでも付けられるような、甘く爽《さわ》やかな、若々しい香りだ。紹惟が絶対に付けないタイプの匂い。

どきりと心臓が大きく音を立てた。急速に目が覚める。もう一度、確認しようと思ったが、紹惟はすでに部屋を出るところだった。

永利が目を覚ましたことに気づいているのかいないのか、彼はこちらを一瞥もせず、ドアの向こうに消えた。

本当に、仕事だったのだろうか。

足音がバスルームへ遠ざかるのを聞きながら、永利は考える。

あの紹惟が、移り香に気づかないはずはない。もし後ろめたい行為をしたなら、わざわざ証拠を残したりしないだろう。だから、あの香りに意味はないはずだ。

自分に言い聞かせてから、でも……と、もう一つの考えが浮かぶ。

そもそも紹惟は、浮気を浮気と考えるような男ではない。自分の進む道に必要なら、ためらわず誰でも抱く男だ。

トワレの主が、紹惟の仕事に必要な相手だとしたら。永利が「仕事だったのか？」と尋ねても、彼は堂々と「そうだ」と答えるだろう。

永利にとっては浮気でも、紹惟にとっては仕事なのだ。

そういう男だ。少なくとも、永利と恋人になる以前の彼はそうだった。

でも恋人になる際、これからは永利だけにすると言った。他の誰とも寝ないと。

あれは嘘《うそ》だったのだろうか。いや、紹惟は守れない約束はしない。彼の倫理観は永利のそれとだいぶかけ離れているが、かといって平気で恋人を傷つけるような冷たい男でもない。

そこまで考えて、永利は我に返った。

(飛躍しすぎだ)

たかが移り香一つで、ここまで深く考えるなんて。うろたえた自分を笑った。

寝返りを打って向きを変え、目を閉じてゆっくり深呼吸する。

バスルームから、わずかに物音が聞こえた。

紹惟が戻ったら、尋ねてみようか。見知らぬ誰かの移り香に嫉妬したのだと、先週の彼のように言いわけをして。

どう切り出すか、言葉を探しているうちに、気持ちが落ち着いてきた。心臓の鼓動が穏やかになった頃、紹惟が寝室に戻ってくる。

永利は戸口に背を向けて寝ていた。恋人がベッドに滑り込んできて、永利はいつもの習慣で反射的に、ベッドの反対側へ少しだけ身を寄せる。

紹惟がそれを追いかけるようにして、背中を抱くのも、いつものことだった。

「おやすみ」

永利を抱き締め、優しく囁く。けれどその声は、ひどく疲れているように聞こえた。

実際、疲れているのだろう。毎日、朝早くから夜遅くまで仕事が詰まっている。プライベートな時間は、永利より少ないはずだ。

恐らく、たぶん。紹惟の言葉が嘘でなければ。

（やめよう）

疑い始めたらきりがない。何もかもが疑わしくなる。それが嫌で、過去の十年は紹惟のプライベートを極力、詮索しないようにしていたのだ。

じっと目をつぶっていると、やがて後ろで寝息が聞こえてきた。抱き締められたままの背中が温かい。

尾てい骨の辺りに、紹惟の性器が当たっている。それは服の上からでもわかるくらい、重量感があったが、今は柔らかく萎《な》えているようだった。

今、永利が寝込みを襲ったら、彼は応えてくれるだろうか。疲れているからと拒まれたら、どんな気持ちになるだろう。

実行に移す気はなかった。考えるだけで疲弊していた。

紹惟と同棲《どうせい》を始めて、この上もなく幸せなのに、時々わけもなく苦しくなる。

彼とは恋人同士で、お互いに愛し合っている。紹惟から愛されていると、ほとんどの日々では実感している。

けれどこうしてたまに、心細くなるのだ。

愛されている、幸福だと思っていたのは自分の思い込みで、紹惟は今も不特定多数の男女と交渉を持っているかもしれない。

あるいは、愛されていたのは最初だけで、紹惟の熱はとっくに冷めている。永利に代わる次の相手と、ゲームや狩りのような恋愛のスリルを味わっているのだと——そんな想像をしてしまう。

それこそ、根拠のない妄想だ。理屈に合わない。

わかっているのに、心は不安なままだ。気持ちは通い合ったはずなのに、これからもずっと、一方通行の片想いが続く気がする。

苦しい。いつか、すべての不安が取り除かれ、苦しくなくなる日がくるのだろうか。

そこまで考えて、ひどく絶望した。

苦しみが解放される日はきっとある。でもそれは、永利が紹惟と別れる時だ。

紹惟と離れてまったく無関係の人間になった時、ようやく永利は、恋人の不貞を疑う惨《みじ》めな心から解き放たれるのだ。


週末にロケがあって、それで一話の撮影は終わった。

翌週のはじめに本読みがあり、翌日にすぐ第二話の撮影が始まる。

その週は、とにかく忙しかった。屋外ロケが立て込んでいて、しかもそうしたロケに付き物のトラブルが立て続けだった。

天候に恵まれず、線路沿いのロケでは信号機故障の影響だとかで電車が動かず、予定通りの構図を撮るために三日かかった。

脇役の女優がNGを連発し、周りを待たせているプレッシャーからか、しまいに泣き出して撮影がストップした。これもたまにあることとはいえ、疲労は蓄積する。

明け方帰宅し、仮眠を取ってまた出かけることもあった。その時は、恋人が寝ているベッドにそっと滑り込む気力すらなくて、リビングのソファで寝た。

撮影の合間に、雑誌の撮影とインタビューが入る。その時はさすがに、桶谷にブツブツと文句を言ってしまった。

「俺もう、若くないもん。昔みたいに頑張れない」

自分で言って落ち込んでしまう。以前はこれくらい、泣き言を言わずにこなしていたのに。

怒濤《どとう》の毎日は、翌週の後半まで続いた。

演技については相変わらずだった。「深見恭介」のシーンは、問題なく演《や》れる。けれど、「ハイド」の特殊メイクを施すともう、十川の「ハイド」しか思いつかない。

第二話では、十川との絡みがないのが唯一の救いだったが、プライベートでは紹惟ともすれ違いが続いていて、精神的にも肉体的にも苦しかった。

週が変わり、半ばから第三話の撮影が始まった。

これでもまだ、撮影期間の序盤である。三分の一にも至っていないのに、永利はいつになく疲弊していた。

夏季の特殊メイク撮影というのが、肉体的な疲労の原因だろう。

これに加えて、主演という重責、「ハイド」の演技に対する葛藤、そしてプライベートをいまだに引きずっていた。

くだらないと思いつつ、紹惟の浮気を疑っている。ただ一度、誰かの移り香を嗅いだだけだ。自分はこんなにも、疑り深かっただろうか。

すれ違いが多いとはいえ、あれから紹惟と顔を合わせる機会は何度もあった。それほど疑うなら、軽く聞いてしまえばいい。

他の誰かと寝ていない？　と。もし浮気をされていたのなら……もし紹惟がそれを、仕事で必要だったと言ってみせたとしても……永利には怒る権利がある。

紹惟は永利としか寝ないと約束した。指輪ももらった。その指輪は今、忙しさにかまけて、ずっと自宅玄関の宝石箱にしまわれたままだが。

――浮気してないよね？

その一言が言えない。尋ねる前から諦《あきら》めてしまっている。

もし浮気をしたと言われても、永利は怒って詰《なじ》るくらいしかできない。別れる、という選択肢はなかった。

紹惟に捨てられない限り、永利はもう、紹惟から離れることができない。その勇気とエネルギーは、恋人になる前にすべて使ってしまった。

一度は離れようと覚悟した後、紹惟に引き留められ、愛を乞われた。

あの時、紹惟の手を取ってしまった永利には、もう二度とあの恐ろしく絶望的な決断を下す勇気は持てないだろう。

仕事とプライベート、どちらにも悶々としながら、第三話の撮影は続いた。

三話目で深見恭介、「ハイド」は、自分を慕う女子大生に続き、深見の教え子の男子大生を殺《あや》める。

殺害された二人のどちらも深見の教え子だったことから、十川演じる浅岡は深見と接触する。

この時まで浅岡は、誠実で正義感の強い親友が犯人であるとは、毛の先ほども疑ってはいなかった。しかし、殺害された学生について話を聞くうちに、浅岡は深見の言動にこれまでとは違う、不穏なものを感じるのだった。

二人目を殺した辺りから、深見恭介は「ハイド」にのめり込んでいく。

変貌した自身に戸惑い、間違って女子大生を殺めてしまった混乱と罪悪感が薄れていき、悪事に手を染める快楽に染まっていく。

深見の時には、周囲の目があって気が抜けなかったが、「ハイド」ならばどんな悪事を働いても、深見への評価には影響しない。

善良の仮面を被《かぶ》ったままどんなことでもなし得るのだと、万能感を覚えていく。

これまで完璧な優等生だった深見は、その姿のまま「ハイド」としての本性が見え始めるのだ。

「ハイド」をどう演じるか、結論が出ないまま十川の演技を模倣していた永利にとって、この三話の撮影は難しい局面だった。

深見と「ハイド」は同じ人間なのに、キャラクターがブレる。

言うまでもなく、「ハイド」を演じる際には十川を頭に描いているのに対し、深見の時には従来の永利の演技そのままだからだ。

三話目は、一、二話を担当していた監督から、別の監督に移っていたが、三話の監督も永利の演技には違和感を覚えたようだ。

ドライと呼ばれる撮影前のリハーサルでは、深見一人のシーンに何度も監督の注文が飛んだ。

「うーん。『ハイド』の時みたいに、もう少しくどさがほしいですよね」

化粧っけのない、地味な眼鏡の女性監督が永利に近づいて言った。

直前の演技にようやくＯＫが出て安堵した後だっただけに、彼女のアドバイスなのか注意なのかわからない言葉は、永利を密《ひそ》かにムッとさせた。

「今は『ハイド』と混ざってくるところなんで、視聴者にわかりやすいように、セリフ回しなんかを『ハイド』に寄せてください。瀬戸さん、『ハイド』の時と喋《しゃべ》り方を変えてますよね。あの感じで」

うなずいたものの、喋り方は意図して変えたわけではなかった。十川の演技が頭にあると、彼に似た喋り方になるのだ。

監督は、より具体的に説明したつもりだったのだろうが、カンニングを指摘されたように居心地が悪かった。

しかもその日は、撮影は十川との絡みが多かった。

スタジオ内での撮影だったが、永利の単独シーンが長引いたおかげで、十川をずいぶん待たせることになった。

「十川君、長引いちゃってごめんね」

「や、大丈夫ですよ。俺もNG連発したらすみません」

型通りの謝罪に、相手もにこやかに応じる。相変わらず、周囲の目がある時の十川は好青年だ。こちらを睨んだり、ましてや嫌味を言ったりすることなどない。

ドラマのCM撮りの後に暴言を吐かれたので、彼と一緒になるたびに身構えていたのだが、二人きりになることがほとんどないせいか、十川はこのところ大人しかった。

だから永利も、油断していたのだ。

永利単独のシーンが終わると、十川との撮影は順調に進んだ。

スタジオ内に組まれた准教授の研究室で、深見と浅岡の会話が続く。

深見が「ハイド」の片鱗を覗かせる場面で、やはり繰り返しやり直しが出たが、監督の注文どおり「ハイド」を意識したおかげで、テイクは少なくてすんだ。

撮影の終盤、わずかな休憩があった。長かった一日がもうすぐ終わる、そんな安堵と気の緩みの中、十川が近づいてきた。

はじめは、ただの雑談だった。二人ともメイクを直してもらい、次の撮影が始まる合間の、何のことはない時間だった。

十川がいつになく自分から話しかけてくるので、珍しいなとは思っていた。普段の彼はあまり、休憩中も永利に話しかけてはこないのだ。

永利も、撮影の序盤で見せた彼の態度が引っかかっていたから、積極的に会話をしてこなかった。

「瀬戸さんて、休みの日はどこかに出かけたりしないんですか」

「あまり外出はしないな。だいたい寝てるよ」

立ったままペットボトルの水を飲みつつ、何気なく応じる。いつの間にか周りに誰もいなくなり、十川と二人きりだということに気づいていなかった。

「家で映画やドラマを見たりとかは？」

「それも、あまりないかなあ。仕事に必要なものは見るけど」

「つまらないですね」

引っかかる言い方だった。しかし、目くじらを立てることでもない。「そうだね」と流す。

「だから演技もつまらないんだ」

一瞬、耳を疑った。十川がそんなことを言うとは思わなかった、というより、大勢のいるこの場所で、わざわざ永利を挑発する理由がわからなかった。

落ち着け、と、自分に言い聞かせる。ここで挑発に乗ったら負けだ。

周りのスタッフは忙しそうに動いていて、十川の放った言葉は聞こえていないようだった。

しかし、永利が怒って言い返せば、スタジオ中の衆目が集まる。

「……十川君は、さ」

感情を抑えて耐えるのは得意だ。三十三年、芸能界の水を飲んできて、それだけは負けないと自負している。

永利は穏やかな声で言ってから、ペットボトルの水を飲んだ。

「ここでそれを言って、俺にどういう反応をしてほしいのかな」

我ながら平坦《へいたん》で、冷静な声音だった。相手の暴言に、少しも惑わされていないという口調。

視線をわざと十川から外した。やがて制作スタッフが二人に近づいてきて、「そろそろ、本番行きます」と声をかけた。

永利は空になったペットボトルをスタッフに引き取ってもらい、「行こうか」と、にこやかに十川を振り返る。

十川は悔しそうな表情で、永利を睨みつけていた。間近にいるスタッフの存在に気づき、慌てて表情を取り繕う。スタッフに促され、飲みかけのペットボトルを渡していた。オタオタする彼を見て胸がスッとした。

歩きながら、近くに人がいないのを見て、十川に囁く。

「十川君て、ザコだよね。あの花山涼子の息子なのに。意外と小物だったな」

にっこり微笑むと、浅黒く日に焼けた男の頬に朱が走り、両の目が怒りに燃えるのが見えた。

「あと残りもうちょっとだから、頑張ろうな」

今度は、周りに聞こえるように、溌剌《はつらつ》と言う。十川は黙ってうなずくしかない。

しれっと笑う陰険さとふてぶてしさは、小田を思い出しながら真似たものだ。

自分は真似ばかりだ。自嘲《じちょう》する声が頭に響いたが、それより「言い返してやった」という爽快感の方が大きかった。

清々《すがすが》しい気分で、終盤の撮影に臨んだ。

永利《えいり》がいつになく、伸び伸びと演技をした終盤、十川《とがわ》は不調だった。

ザコ呼ばわりされたことが、効いているのだろうか。我ながら嫌な言い方だったなと思うが、後悔はしていない。

「いいじゃないですか。最初に喧嘩《けんか》を吹っかけてきたのはあちらですし」

撮影終了後、楽屋に戻って桶谷《おけたに》にだけは打ち明けると、彼は好戦的に言った。

永利はと言えば、だんだんと自分の言動を後悔しつつあった。

終盤、本番でNGを連発した十川を見て、ちょっと言い過ぎたかなと思い始めたのだ。

しかし、桶谷にそのことを言うと、

「言い過ぎなもんですか。永利君は十川さんに嫌味を言われたって、ちゃんと仕事をしたでしょう。同じことをやり返されてつまずくんなら、プロ意識が足りないんです」

永利も十川の態度に苛立《いらだ》っていたが、話を聞いていた桶谷も、実はかなり腹に据《す》えかねていたようだ。

こちらが言われっぱなしなので、もどかしい思いをしていたのかもしれない。永利が言い返したのを、よくやったと言わんばかりだった。

永利も別に、優等生ぶるつもりはない。ただ、永利が何気なく言った一言に、十川が心底悔しそうにしていたのが意外だったし、そこから調子を崩すとも思っていなかった。

あの時、永利が振り返った一瞬に見せた、ベソをかく前の子供みたいな、情けない表情を思い出し、罪悪感と爽快感《そうかい》が混ざった倒錯的な感情が込み上げるのだった。

「打たれ弱いんですかね、彼」

永利が着替えを済ませた後、桶谷は彼らしい几帳面《きちょうめん》さで楽屋を点検し、忘れ物がないことを確認した。

「終盤の不調が、俺の言葉で傷ついたせいなら、そうなのかもね」

マネージャーの皮肉めいた口調に、永利も軽く肩をすくめる。揃《そろ》って楽屋を出た。

小田《おだ》の、「反逆児」という評は当てにならなかったなと、永利は思い出した。

十川の存在を大きく見ていたが、本当に小物なのかもしれない。演技だって、確かに魅力的ではあるが、それも好みが分かれる類《たぐい》のものだ。

「このまま真っすぐ帰ります？　どこかで何か、食べて帰りましょうか」

テレビ局の駐車場で桶谷がそう尋ねたのは、翌日の撮影が午後からと、遅いスタートだからだ。早朝から撮影が始まる日が多いので、いつもより少し、ゆっくりできる。

「どうしようかな」

永利は車に乗り込みながら、尻ポケットのスマートフォンを取り出して確認した。

時刻は午後十時を過ぎようとしていた。紹惟《しょうい》がすでに帰宅しているかもしれない。

そんな期待は、数秒後に裏切られた。

メッセージアプリに紹惟のアカウントから、「今日は帰れない」と、簡潔な連絡が入っていた。

特段、珍しいことではない。徹夜で仕事になることもあるし、昼には帰ってくると言って出かけたのに、「北海道《ほっかいどう》に行くことになった」と、夕方になって連絡してきたことがあった。

紹惟は写真家で実業家で、プロデューサーの仕事もしている。常に複数の仕事を抱えていて、一時もじっとしていられないくらい多忙だ。

突発的な泊まり込みなど、同棲《どうせい》してからいくらもあった。

今まで、紹惟の不在を寂しいとしか思わなかったのに、今は黒いもやが胸に巣くっている。

本当に仕事なのか。仕事にかこつけて、誰かと会っているんじゃないのか。

そんな疑念が頭をもたげて、嫉妬《しっと》をやり過ごすのに苦しくなる。

「とりあえず、何か軽く食って帰りたいな」

スマートフォンから目を離すと、バックミラー越しに桶谷がこちらを見ていた。目が合って、眼鏡が愛想よく微笑《ほほえ》む。

「ラーメンなんかどうです？　永利君がこないだ食べたいって言ってたでしょ」

優しい口調が母親みたいだと思い、永利は思わず表情を和ませた。

紹惟が不在で、がっかりしているのに気づかれたらしい。桶谷はいつも、永利のことを見てくれている。息子みたいに心配してくれる。

「寝る前にラーメンなんて食べていいんですか、マネージャー」

そんな桶谷にこれ以上、気を遣わせないために、永利はおどけて言った。

「特別に許可します。永利君、夏バテで痩《や》せたみたいだから。背油たっぷりのラーメンを食べましょう。赤坂《あかさか》に美味《おい》しいお店があるんです」

「いいねえ」

永利は笑い、車は発進した。


赤坂でラーメンを食べた後、永利は一人で軽く飲んで帰ることにした。

桶谷も一緒のほうが安心だが、撮影が始まってから彼も、永利以上に仕事で時間を拘束されている。

「一杯くらい付き合いますよ」

と、桶谷は言ってくれたけれど、その顔も疲れていた。

大事な時期だ。黙って家に帰ったほうがいい。そうせず飲みに出歩くのは、永利のわがままで、そのわがままに有能なマネージャーを付き合わせたくない。

「一杯付き合ったら、桶谷君もタクシーになっちゃうだろ。帰りは店からタクシーを呼んでもらうし、『アノン』でちょっと飲むだけだから、大丈夫だよ」

アノンというのは、六本木《ろっぽんぎ》にある会員制のバーだ。事務所の社長に、飲みたい時はここで飲みなさいと教えてもらった。

オーナーがアイ・プロの関係者で、芸能人御用達《ごようたし》ということもあって、客はどうしても見知った顔が多い。

時にそれが煩《わずら》わしくもあるのだが、酔った客に変に絡まれることもない。久しぶりに飲みに行ってみるかと思ったのだった。

行き先がアノンということで、桶谷からもお許しが出た。ラーメン店から車で数分の店の前で降ろしてもらい、桶谷と別れた。

駅からも近く、人通りも多い。桶谷が去り際、「気をつけてくださいね」と、念を押した。そろそろ三十も半ばになろうという男に、いささか過保護だが、これもリスク管理だ。仕方がない。

桶谷と別れ、大通りに面したペンシルビルの、エレベーターホールへ繋《つな》がる細い入り口をくぐろうとした時だった。

「だから謝れって言ってんだよ。聞こえねえのかコラ」

隣のビルの入り口から、男の恫喝《どうかつ》が聞こえた。だいぶ酔っているようで、呂律《ろれつ》が上手《うま》く回っていない。「もうやめようよ」と、若い女の声が聞こえるから、酔って気が大きくなった男が、通りすがりの相手に絡んでいるのだろう。

警察を呼ぶにしても、とりあえずアノンに入って、店のスタッフに対応してもらうべきだ。

永利は端《はな》から、自分で対処する気はなかった。リスクが大きすぎる。そそくさと中に入ろうとしたが、続く男の恫喝に思わず足を止めてしまった。

「なんとか言えって。芸能人だからっていい気になってんじゃねえぞ！」

どうやら、絡まれている相手はご同業らしい。誰かだけ確認しようと、物陰から首を伸ばし、愕然《がくぜん》とした。

絡まれているのは、十川だった。きつく眉根を寄せ、相手を睨《にら》みつけている。

酔っ払いが「謝れ！」と激昂《げきこう》するのに、十川は睨んだまま、何かつぶやくだけだ。「うっせえな」、とでも言っているらしい。

相手が喚《わめ》くのが鬱陶しくなったのか、十川は軽く相手の胸を押した。大した力はこもっていないのは、端からも見て取れる。

だが酔っ払いは、鬼の首を取ったように嬉々《きき》として騒ぎ出した。

「痛《いて》えっ！　こいつ手を出した。見たか？　見たよな。こいつ今、俺のこと殴った。警察呼ぼうぜ！」

(何やってんだ、あのバカ)

勝手に身体《からだ》が動いた。横から近づいて、十川の腕を引く。

彼は緩慢な動作でこちらを振り返った。寝入りばなを起こされたような、不機嫌な様子でこちらを睨む。アルコールの匂いが漂って、彼も相当に酔っているのだと気づいた。

「あなたがたのやり取りは近くで見てたし、動画も撮りました。警察を呼ぶならどうぞ。こちらでも呼びますから」

一息にまくし立て、再び十川の腕を引いて「行こう」と促した。

「うっそ。瀬戸《せと》永利」

酔っ払い彼氏の陰にいた女性が、スマホのカメラを向ける。永利は強くそれを睨んだ。

「こっちの彼氏が起訴されれば、あなたもほう助罪、従犯ですよ。もし今撮影したら、俺も民事で裁判を起こしますから」

女性の顔が強張《こわば》り、スマホを下げるのを見届けてから、踵《きびす》を返す。

法律の知識などほとんどない。聞きかじった言葉を繋げて、それらしく言っただけだ。つまりはったりである。

酔っ払いは「やってみろよ！」と喚いたが、無視した。彼らに背中を向け、アノンがあるビルへ堂々と、内心ではヒヤヒヤしながら移動する。

十川は永利に腕を引かれるまま、おぼつかない足取りで付いてきた。

アノンに着くとすぐ、店のスタッフに事情を話した。

十川と共に奥の目立たない席に通してもらい、ソフトドリンクをもらう。

スタッフに店の外へ様子を見に行ってもらう間、十川に水を二杯ほど飲ませた。

「すんません。ごめいわく、おかけして」

たどたどしい口調でつぶやく十川は、やはり相当に酔っているようだ。酩酊《めいてい》状態と言っていいだろう。

「隣のビルの前には、誰もいませんでしたよ。タクシーに乗ろうとしてる若いカップルがいたから、たぶんそれが彼らだと思います」

しばらくして、ひょろりとした金髪のスタッフが永利たちの席まで来て、教えてくれた。

その若いカップルは、男が酔っぱらって喚いていた。女の方が「ほんとにもうやめて」と、怒りながらタクシーに押し込んでいたらしい。幸い、乗車拒否はされなかったようだ。

「ありがとうございます。ご迷惑をおかけしました」

「いえいえ。でももうしばらく、ここで休んでいらした方がいいかもしれませんね」

永利が丁寧に礼と詫《わ》びを述べると、スタッフは迷惑がるふうもなくそう言ってくれた。

軽食とドリンクを追加で頼み、桶谷に事の顛末《てんまつ》を連絡する。すぐさま、折り返しで電話がかかってきた。

『今すぐ戻ります』

と言うのを断って、対処法だけ教えてもらう。ほんのちょっと絡まれただけだ。相手がマスコミに何か訴えようとしても、証拠もない。

ただ、永利だけなら、ほとぼりが冷めた後にタクシーで帰ればいいが、隣に十川がいる。

二人が通された席はいわゆるカップルシートで、横並びになっていた。ちらりと隣を窺《うかが》うと、十川は舟を漕《こ》いでいる。

いい気なもんだ。永利は憎らしい気持ちになった。

といって、このままにもしておけない。彼が酔っ払いに殴られようと、警察の世話になろうとどうでもいいが、ドラマの撮影は始動している。来月の半ばには放映が始まるし、すでに番組の宣伝をかけている。

ここで十川がスキャンダルに巻き込まれでもしたら、ドラマそのものが危うくなるのだ。

『警察は呼ばない方がいいですね。相手がいなくなったのならもう、何にもなりませんし。十川さんのマネージャーとは連絡先を交換しているので、すぐ連絡してみます。永利君は十川さんから自宅の住所を聞いて、タクシーで送らせてください。永利君も、できれば……』

「うん。もう飲む気分じゃないから、帰るよ」

桶谷君もごめんね、と謝って電話を切った。同時に、隣でつぶやきが聞こえる。

「すいません」

薄目を開けて、十川が謝っていた。「マジで、すいません」と、呂律の回っていない言葉が続く。

「何がマジでだ。状況がわかってんのかよ」

この野郎、と、たまりかねて十川の頬を軽く叩《たた》いてやった。いてっ、と間抜けな声が上がったものの、「すいません」と繰り返される。

「十川君、謝るのはもういいから、家を教えて。自宅の住所。タクシーで送るから」

耳元で喋《しゃべ》ったのに、十川の反応ははっきりしなかった。

「自宅……？　そんなものは、ないです」

永利の声に一瞬、しゃきっとしたかと思うと、つぶやいてまたがっくりうなだれる。

「はあ？　いい加減にしろよ、酔っ払い」

苛立って頭を叩くと、また「すいません」と、返ってくる。しかし自宅の住所は、どんなに尋ねても「ありません」「すいません」だった。

店のスタッフが通りがかり、「財布に免許証は入ってませんか」というアドバイスをもらって十川の衣服を探ったが、彼は財布を持っていなかった。どこかに落としたのだろうか。

スマートフォンが見つかったが、こちらはロックがかかっていて中身が見えない。指紋や顔認証も使えなかった。

弱り果てた頃、桶谷からメッセージが入った。

『十川さんのマネージャーさんとは、連絡が取れませんでした。明日また、連絡してみます。

『どうなってんだよ、君んとこは。役者もマネージャーもさあ』

相手が逆らわないのをいいことに、ぺしぺしと頬を叩く。それでも「すいません」と、くぐもった声が返ってきた。

これから、どうしたものかと考える。家に連れて帰ろうか。紹惟に連絡すれば、構わないと答えるだろう。状況が状況だ。

しかし、紹惟が不在のあの家に他人を入れるのは、どうにも居心地が悪い。

適当なホテルに入れてもいいが、一人だとどうなるかわからない。こんなに酔って、明日の撮影は大丈夫なのか。いや、彼は出番のない日だっただろうか。

そこまで考えて、どうして自分が彼の尻拭《しりぬぐ》いをしなければならないんだと、腹が立った。

苛立ち紛れに十川の頭を叩き、自分のスマートフォンでここから近いホテルを検索した。

自慢ではないが、この歳《とし》までホテルの手配なんてしたことがない。しかし、桶谷に現状を話せば、彼は引き返してくるだろう。それも気の毒だった。

旅行サイトを見たがよくわからず、結局、店のスタッフに相談した。たまたまその場に、関西出身の男性タレントが客として来ていて、ホテルの手配に加わった。

「ここのホテル、いいですよ。プライベートで東京《とうきょう》に来る時、たまに使ってるんですけど。平日だから、一部屋くらい空いてるでしょう」

港区《みなと》のシティホテルを勧められ、直接ホテルに電話をしてツインを一部屋取った。

タクシーを呼んでもらい、十川と乗り込む。店のスタッフも一人、付いてきてくれた。

ホテルに着くと、チェックインを店のスタッフに頼み、二人がかりで十川を部屋に連れて行く。まだ自分の足で歩いてくれるだけましだが、ふらふらするので危なっかしいのだ。

部屋に入り、店のスタッフにはよくよく礼を言ってチップをはずんだ。

「疲れた」

ドアが閉まると、どっと疲れが押し寄せる。十川は手前のベッドに寝かせた。

横になって気が緩んだのか、靴も脱がずに寝息を立てている。腹が立って、ベッドからはみ出した足を蹴飛ばしてやった。それでも起きない。

永利もこのままベッドにダイブしたい気分だった。どうにか気力を振り絞り、桶谷と紹惟にメッセージを送る。

桶谷には現状を報告し、心配なので今夜はこのまま、十川と一緒に泊まると告げた。

「なんで僕を呼ばないんですか、もう。変な遠慮しないでください」

すぐに電話がかかってきて、叱《しか》られた。十川のマネージャーとは、まだ連絡が取れないらしい。ホテルの部屋番号を伝え、明日、ホテルまで迎えに来てもらうことになった。

電話を切り、しばし悩んだ後、紹惟には簡潔に、十川迅《じん》と飲んでいて彼が泥酔してしまったから、今夜は彼とホテルに泊まるとだけ送った。こんな言い方では、かえって心配させるかもしれない。

嫌いだと言っていた十川となぜ、飲みに行ったのか。その十川と一緒にホテルに泊まるのは、泥酔した相手の介抱のため、というのは、紹惟ならば文面から読み取ってくれるだろう。

しかし、文面通りに受け取ってくれるとは限らない。紹惟は浮気を疑うだろうか。

電話をしようか迷い、相手が仕事中だということを思い出して、諦《あきら》めた。どのみち今夜は疲れきっていた。うまく説明できる自信がないし、正直なところもう、何かをする気力が残っていない。

備え付けの冷蔵庫にミネラルウォーターが二本あったので、一本を十川のベッドサイドに置き、もう一本を飲んだ。

バスルームでシャワーを浴びて出ると、十川は服を脱いで、パンツ一枚の恰好《かっこう》でベッドに大の字になっていた。

寝ていて暑くなったのか、それとも酒を飲むと脱ぐ癖があるのか。靴は脱いでいるが、靴下は片方しか脱いでいない。しかも床に脱ぎ散らかしている。

思わず拾って片付けようとして、そんな義理はないんだと考え直す。

「ほんと、なんなんだよお前」

文句を言い、頭を二、三発叩いた。頰も叩いたが、「うーん」と唸《うな》っただけだ。

馬鹿らしくなって、永利は自分のベッドに入る。ホテルに備え付けのローブはペラペラで、しかも丈が短い。着心地が悪かった。

いっそ下着一枚の方がいい。脱ぎかけて、もし明日、十川が先に起きて裸の永利と自分を見たら、誤解するだろうかと考える。

十川は、永利がゲイで紹惟と付き合っていることも知っている。このまま、着ておいたほうがいいだろうか。

「馬鹿らしい。なんで俺がそんな気をつかわなきゃならないんだ」

これまた思い直した。腹立ちまぎれにローブを脱ぎ捨てる。もし十川が変な誤解をしたら、思いきり軽蔑《けいべつ》してやろう。

そんなことを考えつつ、上掛けをかぶった。

「瀬戸さん?」

十川に背を向け、さあ寝よう、と目をつぶったところで、声が上がった。

正気っぽい声だった。目を覚ましたのかと振り返ると、十川はやっぱり大の字に寝ていた。

「負けませんから」

寝言だった。

「ふざけんな、この馬鹿」

脱ぎ捨てたバスローブを放り投げたが、空気を孕《はら》んでベッドとベッドの間に落ちただけだった。起き上がって殴ろうかと思ったが、十川が目を覚ましでもしたら、それはそれで面倒臭い。

イライラした気分のまま、再び上掛けをかぶる。早く朝になってほしい。

幸い、目をつぶると眠りは速やかに訪れた。


翌朝、窓から降り注ぐ日差しと、十川のうろたえた声で目が覚めた。

目覚めやすいようにと、わざとカーテンを閉めずにいたのだ。おかげで、まぶたの向こうに柔らかな日差しを感じ、比較的穏やかに覚醒することができた。

「ちょ……瀬戸さん？　あの、起きてくれません？」

背後で、十川の狼狽《ろうばい》した声が聞こえる。聞いたことがないくらい、オロオロしていた。

「マジかよ。いや、けど……」

ブツブツと独り言をつぶやいている。永利が寝る前にちらりと考えた通り、十川は目が覚めてあらぬ誤解をしたらしい。

あまりにも想像どおりで、笑ってしまいそうになった。さて、どうしてくれようか。すぐには振り返らず、目をつぶって考える。

この男にはさんざん、迷惑を掛けられたのだ。ただでは許すまい。

「あの、すんません。瀬戸さん、あの」

り不機嫌に唸る。

不遜《ふそん》に嫌味を吐いた人物とは思えない、情けない声だった。永利は笑いを噛《か》み殺し、思いき
「何だよ」

眉間に皺《しわ》を寄せて振り返る。上掛けが肩を滑り、それを見た十川が大きく目を見開いた。

「何？」

枕に肘を突き、横柄に応じる。十川は自分のベッドの縁に腰掛けていた。パンツ一枚で、靴下はいつの間にか両方脱いでいる。ショートヘアが寝癖で逆立っていた。

顔はむくんでいるが、目つきからして酔いは醒《さ》めているようだ。

永利がジロジロと見るせいか、十川は落ち着かない様子で、両手を自分の股間《こかん》の前で組んだ。

「何だよって、聞いてんだけど」

イライラした声を出してみる。十川は永利の目を見て、すぐまた忙《せわ》しなく視線を彷徨《さまよ》わせた。

「あの、なんで俺、瀬戸さんと……ここ、どこですかね」

永利は被《かぶ》せるように、「は？」とキレ気味に声を放った。ビクッと相手の肩が揺れる。

「なに、覚えてないの？　まったく？」

すんません、とうなだれてつぶやく。ちょっと気の毒になったが、桶谷の「可哀《かわい》そうなもんですか」という声を思い出すと、自然と嫌味ったらしいため息が漏《も》れた。

「はあ」

「すみません、あの」

「今、何時？」

十川は、八時前です、と従順に答える。

「あの」

「うるせえ、ザコ」

乱暴に言葉を被せながら、自分もこんなふうに悪態をつけるんだな、と感心する。

「シャワー浴びてきてくれる？　酒臭いんだけど」

バスルームを指さす。十川は、酒臭いと汗臭いを聞き間違えたのかもしれない。血相を変えてバスルームへ飛び込んだ。

その後ろ姿を見て、いい身体をしているなと、今さらながら十川の裸体に感心する。

昨日は腹が立ったし疲れたし、そんなところに気が回らなかった。

起き上がってペットボトルの水の残りを飲み干し、スマートフォンを確認する。

紹惟からは何も返信がなかった。こちらから送ったメッセージは既読になっている。少し落胆したものの、珍しいことではない。それだけ忙しいということだ。

また疑念がもたげそうになるのをなだめ、桶谷のメッセージを確認する。

一時間ほど前に、大丈夫ですかと永利を案ずるメッセージが入っていた。

『十川が起きた。何も覚えてないみたい。バスルームに突っ込んだので、後で説教しとく』

桶谷からはすぐ返信が来て、お腹《なか》が空《す》いたらルームサービスを頼むこと、チェックアウトはこちらでするので、部屋で待機しているようにと指示が入った。

桶谷には十時に迎えに来てもらうことになっている。朝食を食べる時間くらいはありそうだ。内線電話で、朝食を二人分頼む。その際、ミネラルウォーターとスポーツドリンクも追加で注文した。もちろん、十川のためだ。

(俺ってお人よしかも)

バスルームの水音を聞きながら思う。店のスタッフに、適当に押し付けても良かったのだ。ここまでしてやる義理はなかった。彼に何を言われたのか、一つ一つ思い出してみる。

その時、バスルームの水音が止まって、永利の中にふと、いたずら心が芽生えた。

素早く下着を脱ぎ去り、全裸になる。脱いだ下着はバスローブと一緒にクシャクシャにして、窓辺のソファに放った。

それから一分も経《た》たないうちに、バスルームからおずおずと十川が出てきた。

腰にはバスタオルを巻いている。

「あの、お先に……」

言いかけた言葉は、永利の裸体を見て掻《か》き消えた。ぎょっと目を見開いて凝視しかけ、永利と目が合って慌てて逸《そ》らされる。しかし気になるようで、目の端でこちらを見ているのがわかった。

あまりに期待通りの反応だったので、永利は表情を取り繕うのに苦労した。

十川はたぶん、永利が下着を穿《は》いていない理由について、ぐるぐると頭を巡らせているだろう。たった今、脱いだのか。それとも、最初から穿いていなかったのか。

「遅いよ」

永利は前を隠すこともせず、全裸のまま十川の前を横切った。十川が言葉を失ったままこちらを凝視しているのがわかったが、気にしなかった。

バスルームのドアに手をかけ、くるりと振り返る。

「ルームサービス頼んでおいたから。来たら受け取っておいて」

呆然《ぼうぜん》と立ち尽くす男が、子供みたいに従順にこくっとうなずいたので、永利はバスルームに入った途端、笑ってしまった。

ゆっくりシャワーを浴びて出てくると、ルームサービスが届いていた。

「君は酔っぱらったから、覚えてないだろうけどさ。こっちは本当に大変だったんだからな。お世話になった店には後で謝罪とお礼に行ってもらうとして、まずはこっちの質問に答えてもらうよ」

サラダにフォークを突き立てながら宣言すると、丈の短いバスローブ姿でスクランブルエッグをかき混ぜていた十川は、物問いたげにちらりとこちらを見てから、渋々うなずいた。

彼は今、自分がどうしてこのホテルに泊まっているかより、昨晩、永利と何があったのかがまず知りたいに違いない。

永利がバスルームを出てからも、何度か聞こうとしていた。そのたびに永利がそれを無視し、あるいは強引に話を変えてきたのだ。

こちらが一言、君が心配してるようなことは何もなかった、と言えば安心するだろう。

しかし生憎《あいにく》、こちらには十川の心情を慮《おもんばか》ってやる義理はなかった。

それどころか、撮影中の大事な時期に迷惑を掛けられたのだ。ちょっとくらい、意地悪や腹いせをしたって罰は当たらないだろう。

そう考えて、永利は心置きなく十川を焦《じ》らすことにした。

あれほど不遜に嫌味を言い放った彼が、今は借りてきた猫みたいに大人しくしている。永利が言うことに素直に従うので、楽しくて仕方がなかった。自分はかなり、性格が悪いのかもしれない。

「昨日、六本木通りで、酔っ払いに絡まれてる君を助けたんだ。その時はもう君、俺のことがわからないくらい泥酔してたんだよね。何がどうしてそうなったのか、詳しく経緯を聞かせてもらえないかな」

十川の両眼に一瞬、反発の色が見えたので、「言っておくけど」と、釘《くぎ》を刺す。

「俺がたまたま通りがかってなかったら、警察沙汰《ざた》になってたかもしれないんだよ。この大事な時期に何やってんの？　君、ドラマの準主役なんだよ。これは君だけの問題じゃない。一つ間違えば、ドラマがお蔵入りになってたかもしれない。もしそうなってたら、どれだけの人に迷惑がかかるか。君を拾ってくれた須藤《すどう》プロデューサーも、ただじゃすまないんだぞ」

説教なんてガラじゃない。しかし、ここに至っても反抗的な素振りを見せる十川に、言わずにはいられなかった。

ここでもし、十川が少しでも反論していたら、永利は彼を見放していただろう。

しかし幸い、彼はそこまで愚かではないようだった。

「そう……そうですよね。すみません」

自分だけの問題ではない。それを聞いた時、十川の表情が強張った。

「考えなしでした。すみません。瀬戸さんにも……ご迷惑をおかけしました」

フォークを置いて、居住まいを正して頭を下げる。普段はガラの悪そうな仕草をしているが、いざとなればきちんとした所作ができるのだ。いつもそうしていればいいのに、と内心でぼやきながら、深いため息をつく。

「気にしないで、とは言えない。俺だけじゃなくて、俺のマネージャーや、知り合いの店にも迷惑かけたから。この部屋まで、店のスタッフさんが一緒に君を運んでくれたんだよ」

後でお礼を言いに行って、と言ってから気が付いた。ここまで言ったら、昨晩は何もなかったことがバレるかもしれない。

ちらりと相手を窺ったが、十川は苦悩の表情を浮かべたまま、目の前のスクランブルエッグを睨んでいた。

「どうしてあんなになるまで飲んだんだ。財布はないし、家の場所を聞いても『自宅はない』『知らない』って言うし。マネージャーさんに連絡しても、応答がないしさ」

昨晩のあれこれを思い出しても、うんざりする。十川は「すみません」と、また謝った。

朝食に手を付けようとしないので、「食べなよ」と、勧めた。こちらも仕事の時間がある。いつまでも悠長にはしていられない。

十川は勧められるまま、トマトジュースを一口飲んで、口を開いた。

「財布は持ってたはずなんですが、自宅がないのは本当です。マネージャーは、連絡ついても何もしないと思います。彼女は親父《おやじ》に言われて今回だけ、それも渋々担当に付いただけで、俺のこと嫌ってるみたいだし」

どういうことかとこちらが尋ねる前に、十川が「順を追って話しますね」と言い出した。

「その前に、瀬戸さん。俺のこと、どこまでご存知なんですかね」

探る目で見るので、「何も知らないよ」と、もろ手を挙げて見せた。

「お宅の事務所のホームページと、事典サイトに出てる情報くらいしか。君が須藤プロデューサーに目をかけられてるって話は、小田さんから聞いた。小田さんは須藤さんのこと『英子《えいこ》ちゃん』て呼ぶ仲らしいから」

もっとも小田は永利のことも、大して仲が良くなかった時分から「瀬戸ちゃん」などと呼んでいたのだが。

十川は納得したのか、「そうですか」とつぶやき、続いて同じプレートに載ったサラダとスクランブルエッグを無造作に口に掻き込んだ。

姿勢正しく謝罪して見せたかと思えば、行儀の悪い食べ方をしたりする。いろいろと、アンバランスな男だ。

そのちぐはぐな男は、朝食を咀嚼《そしゃく》している間に、喋ることを順序立てて考えていたらしい。トマトジュースを飲み干した後、再び口を開いた時には戸惑いを脇に押しやり、瞳に理知的な光を宿していた。

「俺、仕事干されてからずっと、ヒモみたいなことやってたんですよね」

ただし、第一声はろくなものではなかったが。

「住所の話です。金もないし、実家も頼れないんで、その時付き合ってる女の家に転がり込んで、バイトで食いつないでました。今もその延長にあって」

バイトで食いつないでいるなら、純粋なヒモではないのかもしれない。短い話の中にいろいろとツッコミたいことや聞きたいことが出てきたが、永利は黙って話を聞くことにした。

「昨日、いや、もう一昨日《おととい》か。それまで彼女の家に住んでたんです。ただ、撮影で忙しくなったのが、向こうには不満だったみたいで」

今回の仕事が始まってから、たびたび喧嘩になり、昨日ついに家を追い出されてしまったという。

「それで、誰か泊めてくれる奴《やつ》がいないかなって、知り合いの店に行ったんです」

六本木にあるクラブだった。ＤＪなどやっていた関係で、クラブの常連や関係者に友人知人が多いのだそうだ。

ただ、永利が話を聞く限り、あまり良い交友関係ではなさそうだった。

店で会った友人たちは、十川がドラマに復帰することを知っていた。番組の宣伝も始まっているのだから、当然だ。

祝い酒と称して十川に強い酒を飲ませ、飲み比べをして勝ったら泊めてやる、と、勝負を仕掛けたらしい。

まともな友人なら、困っている相手にそんな勝負を持ち掛けないはずだ。

永利のそんな考えが表情に出ていたのか、十川も苦笑する。

「まあ、やっかみとか、俺が困って喜んでるのもあったんでしょうね。色んな奴がいるから。けどその時はもう、さんざん酔わされた後だったんで」

こちらもまともな判断ができない状況だった。やってやるよ、と飲み比べに挑み、そこから記憶がない。

「馬鹿だろ、君」

思わず言ってから、いや、十川のせいばかりではないのだと思い直す。

芸能界の復帰に理解のない恋人、足を引っ張ろうとする友人たち。結局のところ十川は、泥酔した状態で放り出されたのだ。誰も介抱してくれる友人はいなかった。

「その知り合いだか友達だか……いや、もう友達じゃないよな。さっさと手を切れよ」

憤って言ったが、十川はやはり、苦笑するばかりだ。

「財布はその後、誰かに盗《と》られたのかも」

「本当にろくでもない。警察に届けろよ。絶対」

ここまでの説明で、泥酔した理由、財布を持っていなかったこと、住所不定の理由はわかった。

だがしかし、マネージャーは何をしているのだ。

比較にもならないが、これが桶谷なら、永利が恋人に追い出された時点で、連絡をすれば何がしかの対処をしてくれたはずだ。

担当の俳優にどんな感情を抱いていようが、関係ない。桶谷ならば私的な感情は排して、自分の事務所のタレントをきちんと管理するだろう。

「お宅のマネージャーさんは、まるであてにならないのか」

「ならないですね。さっきも言ったとおり、俺のこと嫌ってるし。むしろ、足を引っ張られます。俺が今回の仕事をしてるのさえ、気に入らないくらいだから」

「なんだそれ」

永利が目を剝《む》くと、十川が笑った。素直そうな、無邪気な笑顔だ。

そんな笑顔を見せるところかよ、とツッコミたくなる。本当にアンバランスで、ちぐはぐな男だ。

（こういうの、危なっかしいって言うのか）

見るたびに違う表情を見せる男に、どのような感情を抱けばいいのかわからなくなる。

「親も頼れないって？　父親は所属事務所の社長なのに」

「二年前の傷害事件の時に、勘当されてますからね。事務所も俺、一度は退所してるんですよ。今回の仕事の話があって、フリーでは支障があるだろうっていうんで、親父がまた事務所に登録してくれたんです。その辺りは、親心なんですかね」

なんですかねと聞かれても、十川家の内情を知らない永利には答えられない。

「多少でも親心があるなら、頼れるんじゃないのか。少なくとも、次の住まいが決まるまでは実家に住まわせてもらうとか」

宿なしでは、撮影にも支障が出る。しかし永利の言葉に十川は、「うーん、どうかな」と、煮え切らない。

どうもこの男とは、会話のリズムが合わないなと思った。

こちらが一生懸命話しているのに、相手は本気で向き合ってくれていない、ともすればはぐらかされているという気分になる。

今まで、誰かと会話していてもそんなことはなかった。

といって、十川の表情を見る限り悪意があってそうしているわけでもなさそうだ。厄介な奴に関わってしまったと、永利は胸の内でつぶやく。

「親には嫌われてるんです、子供の頃から。親に限らないけど。俺、どこ行ってもわりと、厄介がられるんですよね」

その時、十川が独り言のようにそんなことをつぶやくから、永利はぎくりとした。

十川はそんな永利をちらりと見て、自分の皿に目を落とす。ふっと小さく笑った気がした。

「友達や彼女にも嫌われるし」

なんでかなあ、とまたつぶやく。嫌われていると言いながら、大して気にしたふうもなく、サラダのトマトを口に放り込んで咀嚼していた。

「このトマト、あんまり美味《うま》くないな」

そういうところなんじゃないか、と永利は思ったが、口にはしなかった。何となく会話に疲れて、黙って朝食を食べる。

十川もそれ以上は何も言わず、二人はしばらく黙々と食事を続けた。

「いわゆる実家っていうのは、今はないんです。家族はみんなそれぞれ、別居してます」

皿の中身が空になり、ぬるくなったコーヒーを飲んでいると、十川が唐突に口を開いた。

実家を頼れない、と言ったことの説明だと、一拍置いて気づく。

「親の愛情が姉に偏ってたんですよね、昔から。あ、俺、姉がいるんですけど。姉は勉強も習い事も優秀で、大人たちから可愛《かわい》がられてた。反対に俺は何をやっても駄目だったんです。同じところにじっとしてられないし、集中すると周りが見えなくなるしで、育てにくい子だったみたいですね」

永利は、同時に、Kオフィスのホームページを思い出した。タレント一覧のトップを飾る花《か》山涼子《やまりょうこ》と、今はほとんど活動をしていないにもかかわらず、その隣に掲載されている娘。十川は真ん中あたりにいた。

「何をやらせても駄目だって、親からは早々に見限られたんです。俺も可愛くない子供だったから、だったらいいよ、って不貞腐《ふてくさ》れて、小学校の高学年くらいから、家にあんまり寄りつかなくなったんです。その後、姉が大学卒業して一人暮らしを始めたタイミングで、両親が別居しました。仕事に差し障るんで離婚はしなかったけど。俺は中坊だったんで、父親と母親の家に交替で泊まったりしてたかな」

「わりと複雑な家庭環境だな」

永利の言葉に、十川は軽く肩をすくめる。

「どうなんですかね。よくある話なんじゃないですか。俺はいちおう、生活費はもらってたから、恵まれてるほうだと思います。ただそんな感じで、家族関係は昔から希薄なんです」

恵まれているほうだというのは強がりではなく、本当にそう思っているようだった。

十川は大学に上がって一人暮らしを始めた。当時は学生だったので親から生活費が出ていたが、卒業後には完全に打ち切られたようだ。

現在は家族同士で連絡先だけは知っているものの、必要がない限りは年末年始の挨拶すらないという。

母親に至っては、世田谷《せたがや》の辺りに住んでいるというだけで、十川は具体的な住所を知らされていない。転がり込もうにも、住まいがわからないのだ。父親の家には、恋人とその子供が住んでいるという。

永利は彼のプロフィールを見て、勝手に裕福で甘ったれたボンボンだと思っていた。金銭的な不自由はなかったかもしれないが、愛情には恵まれてこなかったのだ。

「あまり、周りの人に恵まれてないんだな」

彼には頼れる人間がいないのだ。そう思ってつい、口にした言葉だった。

言ってすぐ、後悔した。いかにも他人事《ひとごと》と思っていそうな、嫌な言い方だ。

永利も肉親に恵まれなかった。でも前の事務所に入って、仕事で出会った人たちに助けられ、ここまで来た。

出会いが一つでも欠けていたら、永利は売れないまま芸能界を引退し、一般人としてまともに仕事をすることもできず、貧困にあえいでいたかもしれない。

「そっか、人か」

ぽつりと落ちたつぶやきに、彼を傷つけてしまっただろうかと心配になった。けれど十川は、どこか嬉《うれ》しそうにコップの水を飲んでいた。

「よかった、俺が悪いんだって言われなくて」

こちらを見て、同意をせがむように微笑む。

「こうなったのはぜんぶ、俺がズレてるせいだと思ってたけど、周りの人間に恵まれなかったからだって考えたほうが、ポジティブですよね」

屈託なく言う十川に、永利は戸惑った。それは果たして、ポジティブと言うのだろうか。

彼の物言いからすると以前から、お前が悪い、ぜんぶお前のせいだと、周りから言われてきたのだろう。言ったのは家族だろうか。

出会った時からふてぶてしい態度だったから、わからなかった。

彼はたぶん、人から傷つけられることに慣れている。

気づいて、永利はどうしようもない感情に駆られた。これは憐憫《れんびん》だ。目の前の男は、憐《あわ》れまれることをよしとしないだろう。

でも、放っておけない。自分勝手な考えだと理解しつつ、永利はこの男に手を差し伸べたいと思った。

何はなくとも仕事だ。役者がどんな精神状態であろうと、撮影はある。

朝食の後少しして、桶谷は時間ぴったりに部屋にやってきた。

十川が顔を見るなり「昨日はご迷惑をおかけしました」と、頭を下げたのに対し、桶谷は完璧なマネージャーの笑顔を貼り付け、ご気分は悪くないですか、昨日は駆け付けられなくてすみません、などと低姿勢に応じた。

「桶谷君、もう一泊……いや、とりあえず一週間くらい、ここの部屋を取ってくれないかな。十川君を泊めたいんだ。会計は俺が払うから」

永利は挨拶もそこそこに、桶谷に頼んだ。十川が驚いたように目を見開く。

「いや、いいですよ。そこまでしてもらわなくて」

「よくないよ。じゃあ今日はどこに泊まるんだよ。また友達と飲み比べでもするわけ?」

「彼女に謝って、なんとか……家に入れてもらいます」

ムッとした顔で言い返すが、途中で言葉を濁したところをみると、彼女の家に入れてもらえる可能性は低そうだった。

「無理だったらどうすんの。財布がどこにいったかわからないのに。事件にでもなったら、主演の俺にも迷惑がかかるんだけど」

「知り合いに金を借ります」

「知り合いって誰だよ。まともに金を借りる当てがあるなら、こうはなってないだろ」

「あんたにそこまで……」

「言う筋合いはあるね。こっちは昨夜《ゆうべ》、さんざん迷惑かけられたんだよ」

　気色ばむ十川に、永利も負けじと言い返した。

　十川には、他に頼れる人間がいない。ここで永利が助けなくても、自分なりにどうにかするのかもしれない。今までもそうして生きてきたのだから。

　それでも、このまま傍観するのは気が咎《とが》めた。一歩間違えば自分も同じ立場だったから、撮影に支障をきたさないように……理由はいくつも思いつくが、実のところはただ、永利が十川を放っておけないからだ。

　不遜でいかにも自信ありげに見えるのに、傷つけられることに鈍感で、自分を大切にしていない。

　危うい男だと思った。ここで見捨てたら、永利自身がきっと気になって後悔する。

　だから、多少強引でも十川に関わって行こうと決めた。せめて撮影が終わるまで。自分の心の安寧《あんねい》のためだ。

「また傷害事件でも起こしたら、どう責任取るんだ。お前にフラフラされると、こっちが迷惑なんだよ。あんな話聞かされてさ、俺はこの仕事の間ずっと、君がちゃんと撮影に来るかなって、心配してなきゃならないの？　仕事に集中させろよ」

永利はあえて、きつい口調で畳みかける。十川はぐっと息を詰めて口を引き結んだ。

剣呑《けんのん》な空気が流れる中、桶谷の間延びした声が割って入った。

「あのぅ」

「どっちにしてもさっき、フロントで一泊延長してきたんですよ。どうせ朝のチェックアウトには、間に合わないかなと思って。レイトチェックアウトも慌ただしいでしょ」

ちょうどよかったですね、と、桶谷は柔和な口調で言ってのけた。

「十川さんは今日、撮影はないって伺ってますし、昨日はかなりお酒を飲まれていたみたいなので、ゆっくりしていただこうと思いまして」

「さすが桶谷君。有能！　大好き！」

永利は顔を輝かせ、桶谷に抱き付く真似《まね》をした。桶谷は「あはは」と笑う。

「今のやり取りを聞いて、何となく話はわかりました。十川さんご本人の意思もあるので、明日以降のことはまた、相談しましょ。永利君はお仕事です」

穏やかだが、桶谷の声は揺るぎない。十川もそれ以上は反論せず、黙って頭を下げた。

「じゃあ、また後で連絡するから」

永利は言って、そういえば連絡先を知らなかったと気づいた。互いの連絡先を交換し合い、永利は桶谷とホテルを出た。

「十川さんのマネージャーとは、今朝、連絡が取れましたよ」

スタジオに向かう車の中で、桶谷が言った。

マネージャーの小松《こまつ》は電話先で、声音だけは殊勝に「うちの十川が申し訳ありません」と謝ったが、逆に言えばそれだけだったそうだ。

十川の状況を詳しく聞くこともしない。タクシー代やホテル代など、かかった経費はこちらに回してほしい、と申し出があったそうだが、そういう問題ではない。

マネージャーに嫌われているとは聞いていたが、やはり小松は、十川をサポートする気はないようだ。

「父親の事務所ってことだけど、家族ともうまく行ってないらしいんだよね」

永利は先ほど十川から聞いた話を、そのまま桶谷に打ち明けた。

「なるほど。それは確かに、心配になりますね」

「だろ」

「でも、永利君は演技に集中してください。共演者を心配するのもいいですけど、それで主演の演技がおろそかになったら、本末転倒です。十川さんに偉そうに言えませんよ」

まったくそのとおりだ。十川に威勢よく言ったのだから、こちらも座長として、きちんと仕事をしなければならない。

「あと、氏家《うじいえ》先生にも、ちゃんとフォロー入れておいた方がいいんじゃないですかね。外泊なんて初めてでしょ」

言われて思い出した。十川を気にかけるあまり、紹惟のことをすっかり忘れていた。

昨晩、外泊するというメッセージは、既読スルーされていた。もう一度、携帯を確認する。

新しいメッセージが入っていた。「了解」という簡潔な応答の後、少しして「今日は帰れるか」というものだ。

『今日は帰るけど、撮影が午後からなので遅くなりそう。そっちは?』

メッセージを送った途端、すぐに既読になった。

『早めに帰る』

返信も、瞬く間に返ってきた。『早め』がどれくらいの時間なのか、わからない。でも恐らく、永利が帰る頃には帰宅しているはずだ。

「紹惟、今日は早く帰ってくるってさ」

「十川君と外泊したこと、焼きもち焼いてなかったですか」

桶谷の口調は軽いものだった。永利は内心でどきりとしたが、冗談だと思い、「まさか」と、笑い飛ばした。

「紹惟はこんなことで、妬《や》いたりしないだろ」

「そうですかねえ」

納得していない声が上がる。車がスタジオに着いたので、その話はそこでおしまいだった。

午後から始まった撮影は、深夜にまで及んだ。

明日は早朝からロケだ。しかも、「ハイド」になる場面もある。あの暑苦しい人工皮膚を纏《まと》うことを考えると、それだけでぐったりしてしまう。

けれど永利が撮影に集中する間、桶谷が十川の件で動いてくれていた。

永利を現場に送り届けてすぐ、アイ・プロの同僚に話をつけ、十川に付いてもらった。もちろん、上司の了承は取ってある。

桶谷の同僚は財布の紛失届を警察に出して、十川と共に、十川が身を寄せていたという彼女のアパートまで同行した。

彼女はアパートにいたが、やはり復縁は無理だったようだ。アパートにあった十川の荷物を引き上げ、ホテルに戻ったらしい。

そうしてから、今後の当面の宿として、今のシティホテルよりだいぶグレードは落ちるが、交通の便がよくて清潔なビジネスホテルを探し出し、十日ばかり部屋を押さえた。

明日は十川も永利と同様、朝から撮影がある。すぐにシティホテルを出て、ビジネスホテルに移った。

暫定《ざんてい》マネージャーとなった桶谷の同僚は、十川に夕食の弁当と生活費をいくらか差し入れ、任務を終えた。

この間、小松から十川へは、一度も連絡がなかったそうだ。

永利の撮影が終わる少し前、十川から永利に、今日の報告とお礼のメッセージが入った。

報告はわかりやすいし、文面は丁寧だ。普段の会話もこれくらい丁寧ならいいのに、と永利はメッセージを読んで思った。

きちんとした文面を見ても、十川は見た目どおりのチンピラではないことがわかる。会話は嚙み合わないが、教養はあるし、常識も良識も兼ね備えたいっぱしの社会人だ。

「そういえば、制作のスタッフさんから聞いた話なんですけど。十川さんが現場に遅刻したり、場所を間違えたりするの、マネージャーさんのスケジュール管理が杜撰《ずさん》なせいみたいですよ。最近は十川さん自身でスケジュール管理してるって言ってました」

撮影終了後、楽屋で着替えをしている最中、桶谷と二人、十川の現状について話をしていたら、それまで楽屋の端で衣装の確認をしていたスタイリストが教えてくれた。

「じゃあ、最初の本読みの時の遅刻も、マネージャーのせいだったんだ」

「十川さんのところだけ、差し入れもないみたいですしね」

スタイリストがぽそっと言い、そう言えば、と永利も思い出す。

ドラマの撮影現場に出演者が差し入れをするのは、一種のお約束のようになっている。差し入れをまったくしないというポリシーの人もいるが、多くの出演者が現場に差し入れをする。差し入れがかぶらないように、各マネージャーと制作スタッフが裏で相談することもあるそうだ。

永利はその辺りはすべて、桶谷に任せているのでよく知らない。

どのみち、主役や準主役級の俳優は撮影に忙しく、差し入れの打ち合わせや手配をしている暇はなかった。

そんな俳優をサポートするのがマネージャーなのだが、小松には十川を支える気はないようだ。

「マネージャーさん、この現場でも、自分が担当してる別の女優さんの営業をしたりしてるみたいですし」

スタイリストのリークに、永利は思わず顔をしかめた。

「本来の仕事もしないで、ひどいな」

十川のマネージャーはどうも問題があるらしい、というのは、すでに関係者の間で噂《うわさ》になっていたようだ。

十川自身には非がないし、逆に同情されているようだが、いい状況ではない。

当人にどれほど才能があろうと、事務所やマネージャーに問題があれば、制作側からは「使いづらい」と判断されてしまう。

楽屋で十川の話をしてよかったのか。帰り道、桶谷に話を向けてみた。

「本当はよくないですけどね。でも、昨日今日の件だけでも、我々はKオフィスに対して越権行為をしてますから。万一、後であちらと揉《も》めた時、泥を被らないようにしないと。どちらが正義で誰が悪か、制作側にも知らせておく必要があるんです」

世論を味方に、ではないが、ドラマの制作スタッフたちに印象付けておくために、スタイリストの前であえて話題を出したらしい。こういう話は、瞬く間に人から人へ伝わるものだ。

「策士だねえ」

「自衛ですよ。あとやっぱり、悪いのは事務所とマネージャーで、十川さん本人に問題がないことも周知させとかないと」

つくづく、桶谷がマネージャーでよかった。アイ・プロダクションに入れて幸運だったと思う。それも、紹惟の人脈のおかげだが。

着替えを済ませ、メイクを落として楽屋を出る直前、紹惟にはこれから帰宅すると連絡しておいた。数秒と経たずに既読になり、「了解。こっちはもう帰宅してる」と、簡潔なメッセージが返ってくる。

昨晩からの十川のトラブルのせいか、もうずいぶん紹惟と会っていない気がした。

「氏家先生、何か言ってました？」

紹惟に連絡したこと、彼がもう帰宅していることを桶谷に告げると、どことなく気がかりそうな質問が返ってきた。

「別に、何も。いつも通りだけど」

昼間に桶谷が言っていた、焼きもちの話を思い出す。

やましいことは何もしていない。紹惟が嫉妬するようなことは何も。

でも、心配はかけたかもしれない。今考えても、昨日の連絡は言葉が足りなかった。

紹惟は怒っているだろうか。今頃になって怖くなった。

「ちゃんと説明しなかったの、まずかったかな」

思わず桶谷に縋《すが》るような目を向けてしまった。桶谷は苦笑する。

「うーん、状況的に仕方がなかったとも言えますし、でも、恋人に対してもうちょっと気遣いがあってもよかったかなとは思います」

「やっぱり、そうだよね」

「とは言っても、もう今さらどうにもならないでしょう。それより、帰りを急ぎましょ」

それもそのとおりだ。今になってぐだぐだ後悔しても遅い。膨《ふく》れ上がる不安と焦燥を抱え、車に乗りこんだ。

深夜で道が空いていることもあって、自宅まではものの十五分もかからなかった。

「昨日今日と、ほんとにありがとう。お世話をかけました」

車から降りる際、永利は桶谷に改めて頭を下げた。十川を拾ったせいで、桶谷にもずいぶん苦労をかけてしまった。

桶谷は「なんも、なんも」と、頭を掻きながら突然の方言で笑ってみせた。

「明日は早いですからね。早く寝てくださいね」

最後に釘を刺すところが彼らしい。永利も素直にうなずいて車を見送った。

それから白亜の建物に向き直り、ちょっと怯《ひる》む。紹惟が怒らないまでも、機嫌を損ねていたらと考えたからだ。

（帰って、なんて言えばいいんだろう）

心配かけてごめん、だろうか。十川とは何もなかったと弁明したら、逆に怪しいだろうか。

本当にやましいことなどないのだが。

胃がキリキリするような緊張を覚え、恐る恐る中に入る。玄関ドアを開けてすぐ、アンティークの宝石箱が目に留まり、そそくさと指輪をはめた。

「——ただいま」

奥に向かって、遠慮がちに声をかける。玄関と廊下に点《つ》いた明かりが、紹惟の在宅を示していた。

もう寝たのか、それともシャワーを浴びているのか。あれこれ想像しつつ靴を脱ぐ。廊下を半分ほど進んだところで、リビングに続くドアが開いて紹惟が出てきた。

「あ、ただいま」

思わずへらっと笑ってしまう。そんな永利を、紹惟は何も言わずに見つめた。

やはり怒っているのかと身構えたが、表情を見るに、そうでもなさそうだ。

いつぞや見たのと同じ、紹惟は途方に暮れたような顔をしていた。迷子になった子供がようやく親を見つけた……そんな泣き出す寸前のような、心細そうな表情だ。

「紹、惟」

「――おかえり」

紹惟は苦しげに美貌を歪《ゆが》ませ、つぶやいた。それが微笑だと気づいた時にはもう、永利は彼の腕に抱きすくめられていた。

「おかえり、永利」

「うん、ただいま」

答えて自分も相手の背に腕を回したが、内心では予想外の反応に戸惑っていた。

「あの、急に外泊して、ごめん。十川と飲んだって言ったけど、ほんとはちょっと違うんだ。

たまたま、十川が酔っぱらってるところに居合わせちゃってさ」

焦るあまり、訥々《とつとつ》として言い訳めいた口調になってしまう。紹惟は小さく笑った。わずかな振動が密着した身体越しに伝わる。

「あのメッセージで、何かトラブルに巻き込まれたんだろうな、というのは想像できた」

「うん」

相手の声音が穏やかで、少しホッとする。怒っているわけではなさそうだ。でも、まったく平穏でもなかった。

「お前の連絡の後、桶谷からも連絡があったんだ。おおよその説明は受けている」

これには安堵《あんど》と同時に、なんだ、とつぶやきそうになった。

桶谷はあれだけ気がかりなことを言っていたのに、事前に紹惟に説明していたのだ。

でもすぐに、それはやはり恋人である永利が気遣うべきだったと、思い直す。

「ちゃんと説明しなくて、ごめん。十川は目を覚まさないし、俺も仕事で疲れちゃって」

「お前が無事で、ちゃんと家に帰ってきてくれれば、それでいい」

我ながら言い訳がましいと思っていたから、紹惟にそう言われてホッとした。

「十川とは、浮気してないよ」

調子に乗って、冗談めかして言った。紹惟も軽く笑う。

「わかってる。お前は浮気なんかしないさ。するとしたら本気だ。それにもし、一度でも過ちを犯したら、お前はこうやって家には帰ってこない」

意図せず深刻な言葉が返ってきて、永利は思わず息を詰めた。抱擁《ほうよう》を解いて紹惟を見上げる。

彼は穏やかに微笑んでいた。

どうしてそんなことを言うのだろう。そこまで不安にさせてしまったのか。昨日の外泊のせいで？　仕方がないことだったと、納得してくれたのではなかったのか。

「俺が好きなのは、紹惟だよ？」

必死の目で訴えたが、紹惟はそれにも穏やかな微笑みで返し、永利の唇に小さく、あやすようなキスをした。

「それも、知ってる。それでも不安になるんだ。お前を愛してるからな」

そう言って、紹惟は永利の頰をそっと撫《な》でる。もう一方の手で、強く永利の背中を抱いていた。離すまい、とするように。

まるで、永利が紹惟から離れて行くのを恐れているかのようだった。


自分の行動が、恋人を不安にさせている。けれどどう言葉を尽くせば、自分の心が相手に届くのか、わからなかった。

それを言ったら、自分だって紹惟に対して不安を抱いている。

いつぞやの香水の移り香は、何だったのか。外泊した時は本当に仕事だったのか。

恐らく二人は、圧倒的にコミュニケーションが足りていないのだろう。じっくりと語り合うには時間が必要だ。その時間が、今の二人にはない。

今はすでに深夜で、六時間後にはまた家を出なくてはならない。

互いの不安や不満はひとまず脇に置いて、コンディションを整えるのが優先だ。

そういう点で、紹惟の精神は永利より合理的にできていた。

しばらく永利を見つめていたが、もう一度、永利を抱き締めて身体を離した時にはもう、感情を切り替えていた。

いつもの強靭《きょうじん》で万能な氏家紹惟に戻り、ロボット並みに簡潔に永利の状態を確認した。

腹は減ってないか、喉は渇いていないか？　撮影で汗を掻いた？　なら、風呂に入ろう。

紹惟は夕方には帰宅していたらしい。久しぶりに自分の手料理で食事を済ませ、シャワーを浴び、永利が帰るまで仕事をいくつか片付けていた。

「牛すじの煮込みを作っておいた。パックして冷凍してあるから、一か月くらいはもつ」

永利の好物である。手の込んだ料理を永利のために作り置きしてくれたのだ。今日、永利に食べる時間がないのもわかっていて、冷凍庫に入れておいてくれた。細やかな気遣いが素直に嬉しい。

「このまま寝落ちしそう」

そして今は、風呂に入れられ、頭を洗われている。紹惟のシャンプーはプロ並みだ。優しく頭皮をマッサージされ、疲れと共に意識も飛びそうになる。

「寝たかったら寝ていい。ベッドまで運んでやる」

笑いを含んだ声で言われたが、それでは一緒に風呂に入った意味がなかった。

いろいろ報告したいことがある、と言った永利に、それなら風呂に入りながら話すか、と提案したのは紹惟なのだ。

「寝ないよ。十川のこと、どうするのがベストなんだろう」

つぶやいて、必死に睡魔から逃れる。昨晩からの十川の件は、永利の口からも改めて報告した。彼の家庭環境も含め、ほとんどすべてだ。

言っていないことといえば、今朝、全裸で十川の前に立ったことくらいだろうか。

永利としては、ただの意趣返し、いたずらだったが、何となく黙っていたほうがいい気がした。

紹惟は「それは災難だったな」などと、感想を漏らしただけだ。一晩、ホテルの同じ部屋にいたことに対して、嫉妬めいた言葉を口にすることも、思い詰めたようにこちらを見つめることもうなかった。

「クランクアップまではいいんだ。住む場所も、桶谷君たちが確保してくれる予定だし」

今日、十川の暫定マネージャーをしてくれた桶谷の同僚が、適当なマンスリーマンションを探して契約することになっていた。撮影の間、十川が宿に困らないようにするためだ。

「その賃貸料はお前持ちなんだろう。当面の生活費も」

「まあ、乗りかかった船だしね。うちの事務所に払わせるわけにもいかないし」

「あとは本人がどうしたいか、だな。周りがいくらお膳立てしたところで、本人が動かないんじゃ意味がない」

「それはそうなんだよね」

朝は仕事の時間もあったし、こちらが一方的にホテルを取ると言っただけで、十川の意見は聞かなかった。

そもそも彼は今後、どうしたいのだろう。俳優を続けたいのか。それとも気まぐれに今回の仕事を引き受けただけなのか。

小田が、十川を反逆児だと形容していた。永利に反感を持っていて、「普通っすね」と嫌味を言うくらいだから、この業界に多少なりとも野心があるのではないか。

「明日は絡みがあるから、ついでに本人と話してみる。今朝は慌ただしくて、最低限の会話しかなかったし」

「……そうだな」

わずかな間があった。永利はふと気づいてあごを上げ、頭上の恋人を見る。

「妬いたりする？」

紹惟は黙って、軽く眉をひそめた。かと思うと、シャンプーの泡が付いた手で、永利の鼻を軽く引っ張った。

「わ、ぶっ、なんだよ」

「聞き方がムカついた」

「なんだそれ」

言いがかりだ。しかも、泡が目と口に入った。目を擦《こす》ろうとしたら、やんわり手を取られ止められた。

乾いたタオルで、優しく目元と口元を拭われる。恋人というより、介護をされているみたいだ。

「恋人が他の男の話をしていて、妬かないわけないだろう」

どこまで本気で言っているのだろう。あてがわれたタオルの隙間《すきま》から恋人の顔を覗《のぞ》いたが、そこにある美貌からは何の感情も窺えなかった。

「しかし、十川迅の父親は考えなしだな」

話題も変えられてしまった。仕方なく「どういう意味？」と尋ねる。

「Kオフィスは、花山涼子以外に目立った人材がいなかった。その花山も往年の人気はない。はっきり言えば落ち目だな。もっと息子の才能を信じて売り込めば、花山よりよほど事務所の利益になるだろうに、という意味だ」

「紹惟から見ても、十川君は才能があるんだね」

やはり、十川の才能は本物なのだ。紹惟が評価しているのだから、そうなのだろう。

打ちのめされた気分だった。昨日の騒ぎがあって一時、忘れていた演技の問題を思い出してしまった。

自分は十川を、勝手にライバル視している。彼が後ろから追いかけていつか追い抜くのではないかと、戦々恐々としている。

そのくせ「ハイド」では自分の演技ができず、彼の模倣のままだ。

「才能かどうかはわからないが」

紹惟は言い、永利の頭をくしゃりと撫でた。それからシャワーのコックをひねり、ちょうどいい温度にしてから、永利の髪を洗い流す。

彼は永利の劣等感や焦燥を見抜いているかのようだった。いや実際、永利のそうした葛藤など、とっくにお見通しなのだろう。

「演技が個性的なのは確かだな。以前、彼の出演したドラマを見たことがあるが、セリフ回しも独特だった。今からでも十分、売れるんじゃないか」

「ドラマも良かったけど、それより、映画の方が個性的だったよ」

「デビュー作のやつか。そっちは見たことがないな」

紹惟も、映画が十川のデビュー作だということは知っていたようだった。まだ見ていないということに、少しホッとする。

相手が男であれ女であれ、若くても若くなくても、紹惟の前に才能ある人物が立つ時、永利は緊張する。

紹惟が直ちに恋に落ちるなどとは考えていないが、新たな個性が現れて、永利という存在が霞《かす》んでしまわないか、紹惟にとっての自分の価値が低くなってしまうのではないか、いつも不安になる。

解決しようのない不安だ、ということも承知していた。

この感情は取りも直さず、永利の自信のなさと、そして紹惟の愛を信じ切れないことに起因しているからだ。

理解していても、自信も信頼も容易に得られるものではない。

今の自分にできるのは、不安を飲み込みやり過ごすことだけだった。

「話は変わるが、リフォームの件、終わりの目途がつきそうだ」

洗った髪を今度は優しくタオルドライしながら、紹惟が言った。新居のことだ。

気に入った壁材を海外から取り寄せるのに時間がかかるとかで、リフォームの終わりが見えなかったのだ。

「いつくらいに終わりそう？」

「来月には終わる。再来月には入居できるだろう」

ちょうど、今のドラマの撮影が終わる時期だ。

「本当に、インテリアは俺一人で選んでいいのか？　今ならまだ、お前の要望を聞けるが」

永利はほとんどこだわりがない。掃除がしやすければなんでもいい、という程度だ。でも紹惟がやや気がかりそうな声音で聞いてくるので、「うーん」と唸って言葉を選んだ。

「できれば、紹惟と一緒にインテリアショップとか行って、一から選びたいけど。時間を合わせてたら、入居が一年後とかになりそうだよ」

「お前がそうしたいなら、それでも構わない。この家の明け渡しも、延ばそうと思えばまだ延ばせる」

とんでもないことを言うので、「やだよ」と即座に反論した。

「早く家具を決めなくちゃって、逆に落ち着かなくなるし、それより早く新しい家に住みたい。俺、あの家のリビング気に入ってるんだよ」

この家も思い出があるけれど、どうしたって紹惟の家だ。早く「二人の」家で同棲したい。

そこまでの本音は口にしなかったが、早く引っ越したいという永利の言葉に、紹惟はどこかホッとした様子だった。

なぜ安堵したのか、何を心配していたのか、紹惟は言わない。

「お前がいいなら、家具もこちらで選ぶ」

とだけ言った恋人に、永利も何も聞かなかった。

本当なら、もっとお互いの気持ちを言葉にしなければならないのだろう。自分たちは恋人同士なのだから。

けれどもやっぱり、二人には決定的に時間が足りないのだった。


十川の今後のこと、紹惟との関係、それぞれについて考えていたから、演技について悩む時間がなかった。

それが良かったのか悪かったのか。「ハイド」の演技について、監督から「ダメ出し」を受けることはほとんどなかった。

「ハイド」は特殊メイクそのものにインパクトがあるから、演技面については最初から、あまり期待されていないのかもしれない。

そんなやさぐれた気持ちにもなりつつ、しかし、暑苦しい特殊メイクに覆われて長時間の撮影を強いられていると、「もう、どうにでもなれ」というやけっぱちな気分にもなってくる。

とにかく暑い。重い。特殊メイクがこんなに不自由だとは思わなかった。

撮影の待ち時間は演技の確認をする気力もなく、楽屋などでぐったり座り込んでいた。

スタジオの入り口にある、前室と呼ばれる待機部屋で、十川がそっと近づいてきたのは、そうした出番と出番の間のことだった。

「あの、瀬戸さん」

普段は他の出演者が誰かしらいるのに、その時に限って二人きりだった。こいつは、人目をはばかることについては業界一だな、と嫌味な気分になる。

十川の表情には皮肉など見当たらなかったが、つい身構えてしまった。疲れていると心が荒《すさ》むのだ。

しかしそれでも、六本木のあの件以来、十川に対する下手な遠慮もなくなっていた。

「何？　俺、今疲れてて、君の嫌味を受けとめる気力がないんだけど」

部屋の隅のソファに座り込み、目だけ動かして言うと、十川は一瞬、怯んだ。ぐっと肉の薄い唇を噛む。

「……すみませんでした。瀬戸さんには今までいろいろ、失礼なことを言いました」

深く頭を下げる。いいよと軽く許す気にはなれず、永利は黙っていた。十川はそうした態度に怯むようすもなく、永利の手元にある空のペットボトルに目をやった。

「あ、飲み物、持ってきますね」

いやいいよ、と断る前に、十川はさっと部屋から消え、すぐにミネラルウォーターとスポーツドリンクを持って戻って来た。

「ストローいります？　制作スタッフさんが、瀬戸さんが飲みにくいだろうって、用意してくれてましたよ」

本音を言えばちょうど、喉が渇いていた。でも立つのはおっくうで、誰か気づいてくれないかなと思っていたのだ。

永利がムスッと黙っている間も、十川はスポーツドリンクを開けてストローを挿し、永利の口元まで運んだ。

そのまま飲ませようとするので、「自分で飲めるよ」と、ペットボトルを手に取った。

冷たくてほんのり甘いスポーツドリンクが、喉を通り過ぎる。ホッとしたし、身体のだるさがわずかにましになった気がする。

「……ありがと」

ここまでしてもらって、何も言わないのも居心地が悪い。ぼそっと礼を言うと、なぜか小さく笑われた。

目だけで睨んだが、十川は笑いを含んだまま、断りもなく永利の隣に座った。

「君、俺のこと舐《な》めてるよね」

「えっ、舐めては……いやけど、そうですよね。すみません。こっちが嫌な態度取ったのに、ここまでしてくださって、ありがとうございました。ホテル代とか昨日もらった小遣いとか、ぜんぶ瀬戸さん持ちだって聞いて。時間はかかるかもしれませんが、必ずお返しします」

「いいよ。っていうか、その前に自分の衣食住をどうにかしろよ」

ヒモ同然のアルバイトだったと言っていた。今回のドラマのギャラを受け取ったとしても、今後の生活がある。その後はどうするつもりなのだろう。

「撮影が終わったら、仕事を探します。今度は繋ぎのバイトじゃなくて、ちゃんとフルで働けるやつ」

十川の言葉に、永利は特殊メイクの下で目をむいた。

「バイト？　俳優の仕事は？」

二年のブランクがあるにもかかわらず、今回、連ドラの準主役に抜擢《ばってき》されたのだ。ここからではないか。

十川はしかし、永利の問いによそよそしい微笑みを浮かべて見せた。

「もちろん、続けたいですよ。オーディションも受けて行くつもりです。ただ、今のマネージャーと事務所の状況だと、俳優業一本でやってくのは厳しいかなって」

いかにもまともで、現実を見据えたふうな意見だが、永利にはひよった態度に見えてもどかしかった。

実際、十川のような立場の俳優が、マネージャーを交替させたり、事務所に意見を通すのは難しいことはわかっている。父親が事務所の社長ならばと思っていたが、昨日聞いたような親子関係では、いっそう困難だろう。

それでも永利は、十川にはもっと強気でいてほしいと思う。身勝手な気持ちだが、彼には優等生ではなく、不遜でふてぶてしくいてほしい。

そこまで考えて、挑発の言葉が自然と口をついて出た。

「なんだよ。お前も案外、普通だな」

え、と戸惑う相手に畳みかける。

「俺に存在感がないだの、彼氏のおかげだのって嫌味言ったくせに。お前も大したことないじゃないか。マネージャーが、親父がって、言い訳ばっかでさ」

十川がムッと表情を変えた。永利はそれを鼻先で笑う。

「自分は悪口言うくせに、言い返されると不貞腐れるし。六本木で泥酔したのだって、俺に言い返されたからだろ。お前、メンタル弱すぎ。そんなんじゃ、マネージャーや事務所がしっかりしてたって、この業界で生き残れねえよ」

「そんなこと、あんたに……」

「言われる筋合いないって？　あるね。先に喧嘩を売ってきたのはお前だろ」

指先で、トン、と十川の胸を押す。相手の身体がびくりと揺れた。真っすぐ睨むと、十川は軽く息を詰めて目を見開く。

何か言い返そうとしたのだろう。何度か口を開いては閉じた。

「失礼します。瀬戸さん。そろそろ、準備をお願いします」

その時、前室のドアが開いて、進行係のスタッフが顔を出した。もっと話をしたいが、今は仕事中だ。永利はソファから立ち上がった。

「わかりました。……十川君。撮影の後、暇？　いや、絶対暇だよな」

残していく十川に、強引な口調で迫る。撮影の後、どこかをほっつき歩く余裕など、今の彼にはないはずだ。

「はあ、まあ」

十川はまだ、不満と戸惑いの最中にいるようで、不本意そうな返答をする。

「たぶん、俺の方が終わりが遅いから、撮影終わったら連絡する。後で付き合ってよ」

「付き合うって」

「スマホ、ちゃんと充電しとけよ。連絡がつくように」

言うだけ言って、永利はわずらわしい人工皮膚が張り付いた身体を翻《ひるがえ》した。

暑いし、不快だ。演技以外に、気にすることが多すぎる。

演技に全力を投球したい永利にとって、それは焦りと苛立ちを感じることのはずだった。

でも今は不思議と焦っていない。むしろ肩の力が抜けて、少しホッとしていた。

早朝から特殊メイクを始め、撮影を終えて脱ぎ去る時には日が暮れている。

もっとも今日は一日、スタジオのセットの中で過ごしたので、日暮れを感じたのはすべて終わって車に乗り、スタジオの地下駐車場を出た後だ。

「小川《おがわ》さん、広尾《ひろお》の『寿樹庵《じゆじゆあん》』まで送ってもらえますか。帰りはタクシーを呼びます」

小川というのは、永利の付き人だ。桶谷が来れない時は、彼が送り迎えをしてくれる。付き人というから、てっきり役者志望の下積みなのかと思いきや、事務所のインターンだった。小川は大学生である。

初めて話を聞いた時は、そうか、今時は付き人もインターンなのか、などと、感心してしまった。

真夏にリクルートスーツを着込んだ小川は、生真面目に「はい。寿樹庵ですね」と、背筋を伸ばして復唱した。

「十川君も、焼肉でいいよな」

後部座席の隣に座る十川に振れば、「俺は、何でも」と、戸惑いがちに返事をする。

永利より早く撮影が終わった十川だったが、その後も現場に残っていた。永利を待つためだろう。しかし、彼はスタジオの隅で熱心に撮影風景を見ていたようである。

紹惟には、十川と食事をするので遅くなると連絡を入れた。

昨晩、玄関先に迎え出た時に見せた、恋人の途方に暮れたような表情と、十川に嫉妬したという言葉を思い出し、何か言葉を付け加えようかと悩んだ。

何を伝えたらいいのか、うだうだと迷っている間に既読になり、紹惟からいつも通り簡潔な言葉が返ってきた。

『了解。こっちも遅くなる』

その簡潔さに、寂しさと疑念を覚えるのは、あまりに身勝手だ。

もう何週間も紹惟に抱かれていない。昨晩も、一緒に風呂まで入ったのに、洗われるだけでそれ以上は何もなかった。

時間があれば、もっと紹惟と話し合い、触れ合えるのに。きちんと仕事もしたい。十川のことも放っておきたくない。

何もかも手に入れようとして、身動きが取れなくなっている気がする。

「瀬戸さん。俺、一人で大丈夫ですよ。そこまで気をつかってもらわなくても……」

永利の表情を見て思うところがあったのか、十川が遠慮がちに言う。永利は黙って相手の額をぺちっと叩いた。

「なっ」

「俺が肉食いたいって言ったら、黙って付いてこいよ。後輩だろ、お前」

偉そうな態度で睨むと、十川は「昭和……」とつぶやいて、それきり大人しくなった。

事前に電話を入れておいた高級焼肉店は、店長がフロントで待っていてくれて、永利たちが到着するとすぐ、奥の個室に通された。

「さすが、大物俳優は違いますね」

十川はこういう店に慣れていないようで、個室に来るまで物珍しそうに店内を見回していたが、二人きりになるとさらりと嫌味を言ってきた。

永利は今度は、軽く脇腹を殴る。大して効いていないようで、十川は軽く顔をしかめただけだった。

「さっきから、なん……」

「六本木で拾ってやったあの晩、俺に何したか忘れたのかよ。翌朝はオタオタしてたくせに」

あの日のことをほのめかすと、十川の顔から表情が消えた。

予想通りの反応にしてやったりと思い、次に十川がオロオロするのを期待したのだが、彼は怪訝《けげん》そうに首を傾《かし》げ、とんでもないことを言い放った。

「瀬戸さんて、俺に気があるんですか」

「は？」

今度はこちらが表情を失った。

「いや、だって。俺がさんざん嫌な態度取ったのに、良くしてくれるから。俺、ゲイにもモテるし」

苛立ちと怒りのあまり、言葉が見つからなかった。わなわなと震えて視線を床に落とし、たまたま目に入った十川のスニーカーを思いきり踏みつけた。

「いてっ」

「次にふざけたこと言ったら、お前の顔に焼けた金網押し付けるぞ」

ついでに、目玉にキムチを張り付けてやると思った。肩を怒らせて席に着き、「さっさと座れよ」と、顎で向かいの席を示す。

十川は「いてえ」と、ぼやきながら従ったが、怒った様子はなかった。むしろニヤついた笑いを浮かべていて、永利をいっそう苛立たせた。

相手が何か言いかけているのを無視して、メニューを開く。

「食べられないもんある？　とか、聞かないからな。先輩が頼んだもんは食えよ。アルコールはなし」

「はい」

十川は従順だ。ただし心から従っているのではなく、どこか楽しげに永利の顔を見ている。

適当に見繕って料理を注文すると、ほとんどの品がすぐに運ばれてきた。テーブルに肉を並べるだけ並べて、あとは呼ばない限りほとんどスタッフが来ないので、この店の個室は込み入った話がしやすい。

永利としては、十川の今後について話を詰めるつもりだったのだ。

ところが、永利がウーロン茶を飲んでいたら、十川が先に口を開いた。

「ホテルに泊まった時、何もなかったですよね」

確信を持った口調だった。正面から永利を見つめるその表情は、こちらの反応を面白がっているようでもある。

「さあな」

永利はじろりと相手を睨み、肉を網に並べた。十川も箸《はし》を持って、肉を並べ始める。

「ここからこっち、俺の陣地でいいですか」

勝手に網の境界線まで引いてくるので、「お前、図々しいな！」と思わず叫んだら、口を開けて笑った。

「お前、やっぱり俺のこと馬鹿にしてるだろう」

睨み上げるも、やはり十川は余裕の笑みを返す。ホテルでのことをほのめかして、イニシアチブを握るつもりだったのに、逆手に取られた格好だ。悔しいことこの上なかった。

「馬鹿にしてませんよ。ただ、ヤッたかヤッてないかなんて、冷静に状況見れば気づくでしょ。なのに未だにドヤ顔でほのめかすから」

ドヤ顔と言われて、顔が熱くなるのを感じた。

「朝起きた時は、オタついてたくせに」

「最初は焦りましたね」

すんなり認める。その余裕が気に食わなかった。

「お前となんか、死んだってヤリたくねえよ。俺、どっちかって言ったら、お前のこと嫌いだから」

思わず言ってから、ハッとした。先日、誰からも嫌われるのだと、十川が言っていたのを思い出したのだ。

あの時も、考えなしな言葉を吐いて後悔したのに、またやってしまった。

恐る恐る十川を見た。目が合って、クスッと笑われる。

「そっちの肉、焼けてますよ」

逆にフォローするような、優しい声音で言われて、永利はムッとするような気まずい気持ちになった。

「そんなに気を遣わなくてもいいですよ。あんたなんか嫌いって、言われ慣れてるから」

もそもそと肉を食べていたら、また優しい口調で言われた。十川《とがわ》も自分の陣地の肉を取る。

「昔から、人と会話のテンポがずれてるみたいなんですよね。ちゃんと話を聞けとか、親からも言われました。あと、知らず知らずのうちに無神経なこと言ってるみたいで」

「よくわかってるじゃないか」

思わず言うと、ははっ、と声に出して笑われた。それから十川は微笑《ほほえ》みを浮かべたまま、やや真面目な顔を作る。

「そうやって、思ったこと言ってもらえるほうが助かります。瀬戸《せと》さん、最初に顔を合わせた時は何を考えてるのかわかりにくかったから。今のが素なんですよね」

永利《えいり》はすぐには答えず、新しい肉を並べながら相手を睨《にら》んだ。

「違う。いつもの俺はこんなじゃない。お前の態度が俺を無礼にさせてるんだ」

普段からこういう、先輩風を吹かせた傍若無人なキャラだと思われたら困る。永利は本気で言ったのだが、相手は冗談だと捉《とら》えたのか、また声を立てて笑った。

このままだと、相手のペースで肉を食べるだけで終わってしまいそうだ。永利は話題を変えることにした。

「撮影中もちょっと話したけど。お前、俳優を続けたいんだろ。それとも口先だけで、ほんとは続けたくないの？」

十川はそこで、日中の永利の挑発を思い出したのか、笑いを消して軽く顔をしかめた。

「続けたいですよ、それは。辞める気はないです。せっかくチャンスをもらったから、今回のドラマを頑張って、次に繋《つな》げたいと思ってます。この仕事は好きだし、楽しい」

「楽しい、か」

思わずつぶやいたのは、永利自身は仕事の楽しさから長く遠ざかっていたからだ。

「楽しいですよ」

　もちろん、という口調だった。

「月並みですけど、芝居の中でなら、何にでもなれる。現実でどんな奴《やつ》かなんて関係なく役割が決まってて、人から好かれるのにも嫌われるのにも、ちゃんと納得できる理由がある。あと、演技で悪いところは指摘してくれて、良かったら褒《ほ》めてもらえる。当たり前のことかもしれないけど、俺にとっては嬉《うれ》しい」

　そこまで言って、「でも」と、表情を曇らせる。

「役者は楽しいですけど、ずっと楽しさが続くわけじゃないでしょう。俺みたいなのに、仕事があるかもわからないですし。このまま役者を続けたとして、この年でどこまでやれるのかなって思うし」

　十川はもう、二十七だ。現実を見てきたし、理解している。下手な夢は見ない。だから諦《あきら》めてしまう。

　でもまだ、二十七なのだ。俳優としてはじゅうぶん若手と言えるし、チャンスはある。挑戦したいという、本人の意志さえあれば。

「できない言い訳が多いね。それで結局、やりたいの、やりたくないの？」

　わざと辛辣《しんらつ》に言うと、相手はぐっと息を詰めた。悔しそうに永利を睨み、けれどすぐ諦めたようにうつむいた。

「やりたいですよ、そりゃあ。ずっと中途半端に生きてきて、ダメな奴だって言われてきた自分が、唯一認められたんです。最初に映画に出た時には、何が何だかわからなかったけど、次にドラマに出た時、自分にもできることがあるんだって思った。ようやく見つけたって」

「でも、傷害事件で駄目になったんだよな」

事件のことは、以前から気になっていた。彼の口から詳しく聞きたいと思っていたのだ。

「噂《うわさ》しか知らないんだ。何があったのか、聞いてもいい？」

永利が過去をほじくり返しても、十川は気分を害するふうもなく、案外と素直にうなずいた。

「つまらないことなんです。ただ酔っ払いに絡まれたってだけで。あの時はいろいろ、泥酔して暴れたとか、薬やってたとか言われましたけど、実際は彼女と普通に飯食ってただけです。ビール一杯飲んだだけで、酔ってたわけでもなかった」

しかも、最初に絡まれたのは、十川ではなく彼女のほうだったそうだ。

夜に食事をして、十川が会計を済ませて店を出ると、彼女が酔っ払いに言い寄られていた。面倒ごとを避けるために、二人はすぐさまその場を立ち去ろうとしたのだが、酔っ払いの中に性質《たち》の悪いのがいたらしい。

「彼女に向かって、インラン女とか売春してんのかとか、ひどいことを大声で言ったんです。それで彼女がカッときちゃって」

相手を突き飛ばしたそうだが、女の腕だ。大して威力があるわけでもない。

しかし、相手の男は激昂《げきこう》して彼女に摑《つか》みかかり、十川は間に入ってそれを止めた。

通りがかりの誰かが、その様子を見て警察を呼んだらしい。警察が駆けつけた時には、かなりの野次馬が集まっていた。あれは俳優の十川迅《じん》だと、野次馬から声が上がりはじめた。

酔っ払いの男も、それで十川がテレビで見たことのある顔だと気づいたらしい。

「パトカーに乗せられるまでずっと、俳優とその女に殴られた、暴力を振るわれたって、大声で叫んでました」

「最悪な酔っ払いだな」

永利は思わず顔をしかめた。災難だったと言うしかない。

男が暴力を振るわれたとあまりに大騒ぎするので、十川もその彼女も、警察に連れていかれて事情を聞かれた。

最終的には酔っ払いの仲間の証言や、防犯カメラの映像もあって十川の無実は証明された。

紹惟《しょうい》が不起訴処分になったと言っていて、ネットにもそう書いてあったが、そもそもが立件すらされていなかった。

警察は検察に送致せず、よくある酔っ払いの喧嘩《けんか》で終わったらしい。

しかし、事件を聞きつけたマスコミが、その日のうちにニュースサイトで取り上げてしまった。ドラマの視聴者がこれに反応し、ＳＮＳで取り上げたおかげで、話は大きくなる。

Ｋオフィス、十川の父親は、これにすぐさま謝罪文を出してしまった。

言い訳をせず、真相も書かず、まるで十川の罪を全面的に認めるような謝罪を述べたのである。

こういう時、俳優は弱い。自分は手を出していないし、事件も立件すらされなかったのだと、第三者が報道してくれなければ真実は明かされない。

今はSNSで個人発信できる時代だと言っても、独断で真実を叫んでしまえば、事務所など仕事の人間関係に摩擦《まさつ》が生じる。

十川は声を上げる機会もないまま、俳優としての活動までも封殺された。

「彼女とは気まずくなって、それっきりです」

そう言って十川は苦笑いするが、永利はため息しか出ない。

間が悪いという言葉では言い表せないほど、不運だ。

一方で、十川自身も迂闊《うかつ》だと思う。二年前にそんなことがあったのに、つい先日には友人と飲み比べをして泥酔した。

無防備すぎる。叱責《しっせき》してやりたいが、彼のこの迂闊さもまた、これまでの境遇に起因しているのかもしれない。

意識的にか無意識にか、自己防衛することを諦めている気がする。

マネージャーのせいで遅刻しても、誰にも弁解しない。言ったところで、信じてもらえないと思っているのだろうか。

「もう二度とチャンスはないって諦めてたのに、今回のチャンスをもらえました。俺なんかを拾ってくれた須藤《すどう》さんの期待に応えたいし、何としても次に繋げたい。絶対に爪痕《つめあと》残してやるって思ってました。今でも思ってる」

やはり、野心はあるのだ。まだ諦めていない。

でも一方で、諦観《ていかん》もある。あの小松《こまつ》がマネージャーに付いていたのでは、十川がいくら努力しても次に繋がらない。

Kオフィスの社長、十川の父親も同様だ。

傷害事件のあった十川はいわば、マイナスからのスタートで、本来ならば今回のチャンスを生かすために、事務所側も最大限に十川の露出を増やさなければならない。

ドラマ以外の仕事でも、今は積極的にさせるべきだ。

十川は素材に恵まれている。彼ほどルックスに恵まれているなら、モデルの仕事もできるだろうし、元はクラブでＤＪをしていたというから、音楽関係から攻めるのもいいかもしれない。マネージメントは素人の永利でさえ、十川を売り込む方法をいくらも思いつくのに、Ｋオフィスは現状、何もしていない。

「親父《おやじ》さんに掛け合って、マネージャーを替えてもらうことはできないの」

子供への偏愛は聞いていたが、父親ではなく事務所の社長に対して訴えることはできないだろうか。

わずかな希望を抱いていたが、十川は少し考えて、困ったように苦笑した。

「わかりません。うちは本当に普通と違ってて、想像がつかないかもしれないんですが。親父とは、ほとんどまともにしゃべったことがないんです。俺がKオフィスに俳優として契約する時、社長の親父と事務的な話をしましたけど、その時の会話が最長ですね」

家族は家族でも、他人より遠い存在なのだ。

想像がつかないかも、と十川は言ったが、永利には想像できた。永利は、実の父親の顔はおろか、名前さえ思い出せない。

そういう家庭は案外、そこらじゅうにあるのかもしれない。


十川と話をしながら、永利は頭の中で考えを巡らせていた。

十川の現状を打開する方法は思いつく。ただ、果たしてそれを自分が提案していいのか、悩んでしまう。

場合によっては、大事になるかもしれない。そうでなくても、周りにも迷惑をかけることになる。

そこまでして、十川を助ける必要はあるのか。ただの共演者なのに。

そうした自身を諫《いさ》める心の声がある一方、でも、と別の声が浮かぶ。

自分は、十川の才能に惹《ひ》かれている。十川に対して反感を覚えていたのに、それでも手を差し伸べてしまうくらい、どうしようもなく。

中途半端に気に掛けるくらいなら、とことん関わりたい。彼が何の憂いもなく演技に集中できるようになって、永利と同じ土俵に立った時、ようやく自分も心置きなく彼と戦える気がするのだ。

（いや、それも言い訳だな）

理屈じゃない。とにかく十川を放っておけない。それだけだ。

腹が決まって向かいを見ると、肉を食べていた十川は一瞬、怯《ひる》んだように肩を揺らした。

「なん、ですか」

まだ何も言わないうちから身構えている。こちらが知らず知らずのうちに、怖い顔をしていたらしい。永利は安心させるように表情を緩めた。

「十川。お前、さ」

「迅でいいです。むしろ、名前で呼んでもらえませんか。自分の苗字《みょうじ》、あんまり好きじゃないんで」

意を決して重要な話をしようと思ったのに、出鼻を挫《くじ》かれてしまった。

こういう間の悪さが、彼が周りの人間との軋轢《あつれき》を生んでいる理由かもしれない。ただそれも彼のせいではなく、単に双方のタイミングが合わないだけだ。

　思い直して、永利は気持ちを切り替えた。

「わかった、迅。お前さ、事務所を移ろうって考えたことないか？」

　十川は思いもよらない言葉を聞いた、というように視線を揺らした。

「事務所？　いや、ないです。他の芸能事務所のことは、よく知らないし。移籍ってことですよね」

「うん。小松マネージャーのことは別にしても、Ｋオフィスはお前を積極的に売る気はないんだろ。それとも、事務所内にお前を買ってくれる人間はいそう？」

　十川は考えるそぶりもなく、すぐに「いえ」と、かぶりを振った。

「芸能事務所って言っても、社員は五、六人くらいしかいないんですよ。マネージャーは三人。一人は小松で、もう一人はお袋の専属。もう一人は中途採用で入ったばかりの人で、顔もろくに知りません。あとは経理とか事務系ですね」

　ホームページを見ても、あまり大きな会社ではないことはわかっていたが、予想よりさらに小規模だったようだ。

　芸能事務所は大手以外、ほとんどは社員が十名に満たない小規模の会社だから、珍しいことではなかった。

「親父はさっき言ったとおり、まともに会話したことがないんで、どういう人間かもわかりません。ただ、期待されてないのは確かです。今回、契約を結び直した時も、今度は問題を起こすなよ、としか言われませんでしたし」

二年ぶりの復帰で、いきなり連ドラの準主役は快挙のはずなのに、そんな反応しかない。永利からしたら、父親の目が曇っているとしか言いようがなかった。

「今回のドラマが決まったのが、中途採用のマネージャーが入った後だったんです。本当は俺も、そっちの人に付いてもらいたかったんだけど。ちょうど小松が抱えてたタレントを、その人に割り振った後だったんですよね」

小松のほうが手が空いている、それにベテランだからという社長の判断で、小松が十川のマネージャーになった。

「小松は俺のこと、すげえ嫌ってるんですけどね。不良のボンボンとか言って」

十川のデビューの時には、父親が小松を付けようとしたのを小松が断り、当時いた別のマネージャーが担当したらしい。そのマネージャーはとっくに退職している。

Kオフィスのマネージャーは、花山涼子《かやまりようこ》の専属と小松のベテラン二人以外、あまり居つかないそうだ。離職率が高く、入れ替わりが激しいのだという。

小松はマネージャー歴十五年以上のベテランで、社長も一目置いているというが、仕事の力量は怪しいものだ。

十川の才能にも気づかないし、彼を誤解している。十川家の内情を知っていれば、少なくともボンボンという言葉は出てこないだろう。

「それならやっぱり、このまま今の事務所にいても、いいことはなさそうだな」

「移籍ってことは……アイ・プロダクションに、ってことですか」

十川も話の重大さに気づいたようで、にわかに緊張した様子だった。その緊張がこちらにも伝わって、永利はウーロン茶を飲んで気持ちを落ち着けた。

「まだ、わからない。俺が一人で考えてたことだから、これから事務所に相談してみないと。でもKオフィスじゃ、まともに仕事を取ってきてもくれないだろ。きちんとお前を売ってくれて、サポートしてくれる事務所に移ったほうがいい。今のままじゃ、もったいないと思う」

「……もったいない」

最後の言葉を、十川が小さくおうむ返しにする。永利はうなずいた。

「うん。もったいないよ。せっかく才能があるのに」

十川は予想外の出来事が起きた、というように、呆然《ぼうぜん》と目を見開いていた。


それから、ほとんど会話もなく肉を食べ続けた。

十川は途中からぼんやりしてしまい、こちらが話を向けても、はかばかしい返事をしなくなった。

そのくせ、肉はもりもり食べる。ろくに会話はしないくせに、「モツ頼んでいいですか」などと言って、お替わりまでした。

ぼんやりした表情も、軽く眉根を寄せてどこか不機嫌そうなので、ひとところの永利だったら、感じが悪い奴だなと思っただろう。

ただ、今は何となく、彼が自分の考えに集中しているのかもしれない、と予想できる。

食事を終え、永利がテーブルで会計を済ませると、十川はハッと我に返った顔をした。

「ごちそうさまでした」

すごく美味《うま》かったです、と付け加える。まだぼんやりしているので、

「一杯だけ、飲みに行く？」

と、誘った。考え込んでいるのはわかるが、そろそろアウトプットもしてほしい。どうなるにせよ、彼の意思を聞いておきたかった。

飲みの誘いに十川は素直にうなずいて、二人はタクシーで六本木《ろっぽんぎ》に向かった。

先日、迷惑をかけた店、アノンに挨拶がてら顔を出そうと思ったのだ。

本来なら手土産の一つも持って行くところだが、それは事のあった翌日すでに、桶谷《おけたに》の同僚と十川とで済ませていた。

前回と同じ、奥の席に通され、二人でウイスキーの水割りを頼んだ。

「どうして、こんなに親切にしてくれるんですか」

十川が長い思考の淵《ふち》から上がって来たのは、水割りを一口飲んでからだ。

永利は、横並びになった席の隣を見る。十川の目には戸惑いと猜疑《さいぎ》の色があった。

今までのお互いの態度からすれば、どうして、と思うのは当然だ。

「俺も、そんな義理はないのにと思うけどな。役者としてのお前を買ってるからだよ」

永利は簡潔に答えた。それでもまだ、納得のいかない顔をしているので、水割りを一口飲んで言葉を続ける。

「デビュー作の映画、見たよ。ちょっと視聴するつもりで、気づいたら何度も繰り返し見てた。お前一人の演技のおかげで、映画全体の印象ががらっと変わる。すごく良かった。十川迅って役者に惹かれたし、あれを見てからずっと、撮影中もお前の演技を意識してる。自分でも嫌なのに、影響されるんだ。『ハイド』の演技とか、どうしてもお前の真似《まね》みたいになる」

いささかぶっきらぼうな口調になるのを自覚しながら、つらつらと感想を述べる。十川は大きく目を見開いていた。

「え……あ、ありがとう、ございます」

永利がここまで手放しに褒めるとは、思わなかったのか。戸惑いと驚きに見開かれた目が潤み、浅黒い頬に赤味が差した。誤魔化すようにグラスをあおる。

彼はもしかすると、正面から褒められることに慣れていないのかもしれない。永利はひっそり笑いを噛《か》み殺した。

「映画は、小田《おだ》さんが見てみなって、教えてくれたんだ。あの人も、お前の演技を買ってるんだよ」

十川は自分のグラスに目を向けたまま、小さく何かをつぶやいた。ありがとうございます、と言ったらしい。

「ほったらかしにするにはもったいない俳優だと思うから、手を貸したい。理由はそれだけだ。もしお前にその気があるなら、事務所に掛け合ってみる。でも、何はともあれお前の気持ち次第だ。迅、お前はどうしたい？」

永利は真っすぐに十川を見つめた。十川も顔を上げてこちらを見る。目が合って、十川は慄《おのの》くように、わずかに身を引いた。

「俺は」

見開かれた目が、じっとこちらを見ている。視線を外すことができない、とでもいうように、半ば呆然とした顔をしていた。

やがて忙《せわ》しない瞬きと共に、十川は我に返ったようだ。

「俺は、このまま終わりたくないです。今のままだと、どんなに必死に努力しても、その努力がゴミみたいに扱われる。移籍って発想がなかったけど、現状を変えられるなら何でもしたい」

それから、気づいたように水割りのグラスをテーブルに置き、居住まいを正した。身体《からだ》をこちらに向け、大きく頭を下げる。

「お願いします。協力してください」

十川のつむじを見ながら、永利はホッとしていた。独りよがりな申し出にならなくてよかった。彼が諦めないでいてくれて嬉しい。

「うん。俺もできるだけのことはする」

頭を下げたままの十川の前へ、手を差し出す。十川が気づいて顔を上げた。

言ってから、臭いかなと思った。しかし十川は自らもそっと手を出し、永利の手を握った。

「一緒に頑張ろう」

「はい。よろしくお願いします」

照れ臭いのか、はにかんだ顔が少し、赤かった。

握手をほどいて、ちょっと照れ臭い沈黙の後、十川は改めてこれまでの無礼を謝罪してきた。

すでに一度、謝罪を受けている。もう水に流してもいいだろう。だから、「もういいよ」と、笑って返した。

「ただの言い訳ですけど、焦ってたんです。ここで自分を売らなきゃ、ドラマを成功させないとって。でもあんたはのんびりしてるっていうか……俺一人が必死な気がして、腹が立ったんです。本読みの時も、こっちが想像してた演技と違うし」

「主演なのに、存在感がない？」

からかうように言うと、十川は気まずそうに視線をうつむけ、すみません、と謝った。

「今思うと、半分はやっかみなんですけど」

気まずい顔のまま言い、水割りを飲もうとして、氷しかないことに気づいたようだ。手持ち無沙汰《ぶさた》そうにグラスを揺らした。

「やっかみ、ね」

永利のグラスももう、ほとんど氷だけになっている。時計を見ると、そろそろ帰らなければならない時間だった。

「俺とは、何もかも違うなって思ってました。赤ん坊の頃からモデルを始めたんでしょ。子役で終わる人間のほうが多いのに、ずっと第一線で活躍して、今またブレイクしてる。こんな勝ちばっかりの人生もあるんだなって」

その言葉に、永利は苦笑せざるを得なかった。ずっと第一線だった、という事実はない。紹惟のモデルに抜擢《ばってき》されるまで、鳴かず飛ばずの落ち目アイドルだったのだ。

でも、と過去の経歴と、十川の年齢を思い出す。

「そう見えるんだ。そう言えば、俺が最初に『ミューズ』の写真集を出したのって、十年以上前だもんな。迅はその時、高校生か」

「高一でしたね、確か。クラスの誰かが学校に写真集を持ってきて、みんなで回し見しましたよ。女子が騒いでたな。男子は男の写真かよ、とか言ってたけど、内心で気になってたんじゃないですかね。俺もヌードっぽい写真を見て、ちょっとドキドキしてたし」

真顔で言うから、こっちが照れてしまう。

「やめてくれ、気恥ずかしい」

本気で赤くなっていると、十川はクスッと笑った。

「本当に男なのかなって思ったんです。何度も見返して、やっぱ男だよなって、がっかりした」

あの当時はまだ、今よりずっと中性的だった。男子高校生が勘違いするのも、無理からぬことかもしれない。

「昔は化粧品のCMとか出てたしな。けど、そうか。お前からしたら、『ミューズ』以降の俺しか知らないんだよな。その写真集で売れる前は、売れないアイドルだったんだけど」

当時のグループ名を口にしたが、十川は「聞いたことないですね」と、正直に返した。永利がアイドルだったことも知らなかったようだ。

「永利さん、歌とか歌えるんですか?」

などと失礼なことを言うので、「聞くな」と、乱暴に返した。正直、歌はあまり得意ではない。

「赤ん坊の頃からモデルって言うけど、母親がとにかく俺を売りたかったんだ。学校は欠席しがちだし、行ってもいじめられるし、子供の頃は嫌で仕方なかったよ。変なことしてくるオッサンもいるし」

最後の話に、十川は顔をしかめた。

「だから、ずっと順風満帆だったわけじゃない。売れっ子とか言われるようになったのも、最近だよ。それだって、いつまで続くかわからない。本当はお前の世話焼いてる余裕なんてないんだ」

そこで十川がまた、「すみません」と謝る。ふてぶてしい彼はどこかに行ってしまった。

永利はわざと乱暴に「お前、謝ってばっかだな」と、笑った。それから、水割りをもう一杯ずつ頼む。

明日に備えて、本当ならもう帰るべきだが、十川とはここで、もう少し腹を割って話しておきたい。これから、事務所の移籍という大仕事をやり遂げなければならない。

どちらかが遠慮がちなままでは、うまく行かないだろう。

やがて運ばれてきた、新しい水割りを飲み、永利は思い切って十川に尋ねた。

「お前がさっき言ってた、想像してた演技って、どんな演技？」

十川は話の飛躍に付いていけなかったのか、「えっ」と弾《はじ》かれたように顔を上げた。

「俺がのんびりしてて、想像してたのと違うって言ってたやつ。嫌味じゃなくて、演技の参考に聞きたいんだ。俺の演技って、お前から見てどうなの？　思ってたのと違うってことは、お前の中で思い描いてる『深見恭介《ふかみきようすけ》』のイメージがあったんだろ」

先輩で主演俳優の演技をどう思うかなんて、我ながら、答えにくいことを聞いていると思う。でも先ほど、十川の言葉を聞いた時から気になっていたのだ。

十川はやはり戸惑った顔を見せ、懸命に言葉を探しているようだった。

「えっと、すみません。存在感がどうのっていうのは、言い過ぎでした」

「そういうのはいいよ。率直に、忌憚《きたん》なく言って」

こういう無理強いは、ちょっと小田っぽいなと思いながら、永利は促す。十川はなおも困った顔をしていたが、やがて腹を括《くく》ったらしい。えっと、と話し始めた時には、もう言葉を選ぶ様子はなかった。

「深見に関しては、具体的な演技をイメージしてたわけじゃないんです。俺だったらどうやるかなって考えた時に、『ハイド』はすぐに思いつくんだけど、深見だけは摑めなかった」

永利と真逆だ。深見の演技はすぐ摑めたが、「ハイド」は未《いま》だに自分の演技が見つからない。

「ただ、登場人物の関係性っていうのかな。最初に聞いた全編を通してのあらすじと、一話目の台本を読んで、永利さんの『深見恭介』と、俺の『浅岡雄大《あさおかゆうだい》』の関係を、俺なりに解釈したところはあるんです」

「俺の演技は、その解釈から外れてた？」

十川は小さくうなずいた。

「台本だけ読むと、深見と浅岡は親友で、お互いに気を許してる設定ですよね。でも、全体のストーリーを考えると、それだけじゃないなと思って。というか、それだけだとぬるいっていうか……」

そこで十川は言葉を切り、説明の仕方を考えるように、目をぐるりと上に向けた。

「深見は、自分と正反対な浅岡のこと、馬鹿にしながらも羨望《せんぼう》してる気がしたんです。深見は何でも深く考えすぎたり、周りの目を気にしすぎる。でも浅岡は明るくて、他人が自分のことどう思ってるかなんて、気にしないタイプでしょ。浅岡は台本読む限り、ただの馬鹿っていうか、深見のことが大好きでリスペクトしまくってる。そのとおりだし、絶対に自分では認めないだろうけど、本当の本心は深見を妬《ねた》んでる」

十川の解釈によれば、浅岡はテンプレな体育会系の刑事で、インテリで人望の厚い深見を我が事のように誇りに思っている。

だがこの誇りと友情も、トロフィーワイフならぬトロフィーフレンドで、自分のコンプレックスを満たす道具だというのだ。

「結局、お互いに同じ感情を抱いてるんじゃないかって。自分にはない相手の長所に憧れてる。

自分もそうなりたいけど、絶対になれない。憧れの裏に妬みがある。深見は『ハイド』になることで自分の深層心理に気づいたけど、浅岡も同じ立場だったら深見への憧れと妬みが、憎しみに変わっていたと思うんです」

「なかなか、スリリングな関係性だな」

まるで自分と十川みたいだ。でもその感想は、胸の内にしまっておいた。

「二人の名前からして、正反対で象徴的ですよね。俺は須藤プロデューサーから、準主役だって言われました。後半の展開を考えても、俺と永利さんの関係がこのドラマの鍵だと思ったんです。今回は、連ドラによくあるヒロインポジの女優がいない。ついでに主演が、中性っぽいイケメンの永利さんなのも、制作サイドが俺たちのホモソーシャルを強調したいからなのかなって、考えてて」

「そこまで考えてるのか。すごいな」

永利は思わず、つぶやいた。

十川はどちらかと言えば、感覚で演技するタイプの俳優だと思っていた。しかし実際は、驚くほど深く考察している。

もちろん、多くの俳優が自分の携わる作品についてあれこれ考察する。永利も視聴者がどう受け止めるか、制作側の視点で考えて演技に挑むこともある。

ただ、最終的にそうした演出を考えるのは演出家、ディレクター、監督だ。演劇論などインテリめいた理屈を嫌う小田などは、演出は現場の状況で変わるから、撮影前に演技について考えたりしない、と言っていた。

十川はそれとは正反対で、入念に考察して挑む性格らしい。

目の前の男に、素直に感心した。

いつの間にか十川の永利への呼び方が、瀬戸さんではなく永利さんになっていることにも、しばらく気づかなかった。

「でも、永利さんの演技は違ってた。俺のこと、ただの親友としてしか見てない。というか、そこまで重要なキャラだと思われてないみたいだった」

十川の浅岡を、軽んじていたわけではない。でも、そこまで深く、二人の関係性を掘り下げていなかったのは事実だ。

十川の言うとおり、気の置けない親友、としか考えていなかった。

「なるほどな。確かに、腹の中でお互いを羨《うらや》んで妬んでるって考えたほうが、二人の絡みに深みが出るかもな」

深見だけでなく、「ハイド」の演技も変わる気がする。どう変わるのか、まだ具体的にこれというイメージが湧かないが。

永利は十川の考察に大いに得心したのだが、当人はそこまで真面目に捉えられるとは思っていなかったようだ。

「いやでもこれは、俺が勝手に考えてるだけなんで」

急に焦った様子で、言い訳めいた口調になった。永利は思わず笑ってしまう。

「俺も勝手に考えてるだけだよ。お前の解釈に、勝手に納得しただけ。でも、聞いてよかった。俺は自分が演じる深見の内面ばかり考えてたから。でも、人物の関係性も大切なんだよな」

腹を割って話すだけのつもりが、図らずも演技のヒントに繋がった。

永利は結果に満足していたのだが、十川は困ったような笑いを浮かべた。

「なんていうか、永利さんて、すごいですね」

言葉が曖昧《あいまい》すぎて、意味がわからない。どういう意味だと問うと、「真面目ですね」と返ってくるから、馬鹿にされているのかと思った。

しかし十川は、「すごいですよ」と繰り返し、眩《まぶ》しそうに目を細めた。

二杯目の水割りを飲み終えて、店を出た。

通りでタクシーを待っていると、十川が「俺んとこ、泊まります?」と言った。

「俺のホテル、ここからも明日の現場にも近いんで」

遅くなったからと、気を遣ってくれたのだろう。

「大丈夫だよ。うちもじゅうぶん近いから」

永利が「ありがとう」と、微笑むと、十川は面映《おもは》ゆそうに頭を掻《か》く。

「遅くなったっていうのもありますけど。俺がもうちょっと、話したかっただけです。演技のこととか、真剣に話せる相手って、今までいなかったんで」

水に流したとはいえ、最初の頃を考えると、またずいぶん態度が軟化したものだ。

しかし、悪い気分ではなかった。永利は友達が多いほうではないから、親しい俳優ができるのは嬉しい。十川も同じだと考えると、余計に連帯意識が湧《わ》いた。

「俺もそうしたいところだけどな。明日に響くし、同居人が心配するから、今日は帰るよ」

永利が言うと、十川はそこでどうしてか、驚いたように目を見開いた。

「……同居人がいるんですね」

戸惑いと、探るような表情が交錯する。どういう同居人なのか気になるのだろうか。なんだよ、と、永利は軽く相手の胸を小突いた。

「知らずに嫌味を言ったのか？　お前が言ったんだぞ。売れてるのは、カメラマンの彼氏のおかげだって」

「あ……氏家《うじいえ》、紹惟」

本当に付き合っていたのか、という顔だ。永利は牽制《けんせい》のつもりで、じろりと十川を睨んだ。

「お前、もしかしてホモフォビア？」

ゲイなんか気持ち悪い、とか言い出すなよ、と身構える。せっかく仲良くなれたと思ったのに、こっちのアイデンティティに偏見があるなら、台無しだ。

しかし幸い、そういうことではなかったようだ。十川は何度か瞬きし、慌てたようにかぶりを振った。

「いえ、それはないです。音楽仲間にも何人かいたし」

ちょうどその時、配車アプリで呼んだタクシーが二台、同時に現れた。逆方面なので、別々に呼んだのだ。別れを告げてタクシーに乗る際、十川が「あの」と、声を上げた。

「今日は、本当にありがとうございました。それから、これからいろいろ、よろしくお願いします」

ぺこりと頭を下げ、またすぐ永利を見つめる十川に、反感や嫌悪の色はない。あるのは信頼の眼差《まなざ》しだけだ。永利はホッとして、「うん」と微笑んだ。

「明日もよろしく」

十川が目を細め、また頭を下げた。

タクシーに乗って一人になると、永利は自分が高揚していることに気がついた。

十川を夕食に誘ったのは、使命感に駆られてのことだ。腹を割って話さなくてはと思ったのも、義務感からだった。

それなのに、最後には演技について話し合うまでになっていた。共演者と、ここまで踏み込んで話をしたのは初めてかもしれない。

友人、というのとはまた違う気がするけれど、互いに反発し、距離を取り合っていた関係から、先輩後輩くらいまで一足飛びに仲良くなった。

元来、交友関係の狭い永利にとって、それはつい浮かれてしまうほど嬉しいことだった。

タクシーに乗っていたのは、ほんの十分余りのことだった。

バスルームに直行してシャワーを浴び、中の家主を起こさないよう、そっと寝室のドアを開けると、紹惟はまだ起きていた。

ベッドの上で枕を背に上体を起こし、眼鏡をかけてタブレットを操作している。

近頃たまに見るようになった眼鏡姿は、永利のよく知る紹惟と雰囲気が違っていて、ドキッとしてしまう。

「ただいま」

ベッドに近づくと、恋人は「おかえり」と、短く言って腕を広げた。永利はその腕に身を寄せてキスをする。

「飲んできたのか？」

「少しだけ。アノンで飲んで、十川と今後の話をした。それで、事務所移籍に手を貸すことになった」

自ら厄介ごとに首を突っ込んだことを、恋人にはまず、断っておかなければならないだろう。

そう思って移籍の話を伝えた途端、相手の動きが止まった。おもむろに抱擁《ほうよう》を解き、深いため息をつくから、永利は心細くなる。

「そんなことになるだろうと思った」

感情を抑えた声で、紹惟はそれだけ言った。

それきり何も言わずに眼鏡を外し、タブレットと一緒にサイドボードに置いてベッドに横になる。

「余計な嘴《くちばし》を挟むなって、言わないんだ」

永利もおずおずと上掛けをめくり、恋人の隣に潜り込んだ。

「言ったら、十川に関わるのをやめるのか？」

じろっと横目で睨まれた。

「……やめない。ごめん」

最初から、はっきり「やめろ」と言われないだろうことはわかっていた。紹惟は紹惟で、制止したところで永利が止まるものではないと、理解している。

申し訳ないと思ったけれど、ごめんねと繰り返すのも白々しい。

黙っていつものように、軽くおやすみのキスをした。紹惟に背を向けると、思っていたとおり、背中を抱き込まれる。眠りにつく前の定位置だ。ホッとした。

「明日、桶谷《おけたに》にも相談するんだろう」

「うん」

「お前がそう言いだすんじゃないかと思って、いちおう業界に詳しい弁護士にも声をかけておいた。必要なら言え。お前が移籍する時に依頼した、あの弁護士事務所だ」

驚いて、身をひねった。さすがにこれは予測できなかった。まじまじと紹惟を見る。

「うそ。すごいな。エスパーなの？」

茶化すつもりはなく、半ば本気で言ったのだが、紹惟は永利の鼻を軽く指でつまんで引っ張った。

「いたっ」

と、顔をしかめたが、実際はそれほど痛くはない。

「お前が言ってた、十川の家族関係とマネージャーの人となりを考えたら、移籍がもっとも現実的だろう」

「そうか……。ありがとう」

「どういたしまして。これで少しは、演技に集中できるだろう」

「うん……うん。ありがとう。すごく嬉しい」

永利が仕事に専念できるように、先回りしてフォローしてくれたのだ。こんなに頼もしく、思いやりのある恋人がいるだろうか。

「紹惟、愛してる」

身をひねったまま言うと、唇をついばまれた。

「じゃあ、セックスするか？」

真顔のまま言われたので、「それは、無理です」と正直に答える。今、紹惟を受け入れたら、絶対に起きられない。

「まともに演技できなくなる。ごめん」

「許さない」

低い声と共に、がばっと背中から抱き込まれた。ぐりぐりと下半身を押し付けられる。永利は笑い声を上げたが、紹惟のそこがみるみる硬く大きく育っていくのに気づき、身体の中心が疼《うず》き始めた。

「煽《あお》られると、こっちもつらいんだけど。やっぱり、する？」

撮影のことなんか忘れて、今現在の欲求に飛び込みたくなった。ちらりと欲望を覗《のぞ》かせたが、自己を律する精神力は紹惟のほうが上だ。

「無理だろう。やめておけ」

したくないとは言わない。尻のあわいに押し付けられた性器は、硬く存在感を増していた。紹惟に我慢させている。申し訳ないのと同時に、じわりと焦る気持ちが湧き上がる。

恋人にはこれほど尽くしてもらっているのに、自分は何も返していない。我慢ばかりさせて、愛情を与えられるばかりで、愛想をつかされはしないだろうか。

もしくは見限られないまでも、気晴らしに別の相手と後腐れない関係を持ったりするかもしれない。

今まで幾度となく繰り返された疑惑が、また永利の中で巡りはじめる。

不安に思いながらしかし、紹惟にその感情を直接ぶつけることはしないのだ。ただ不安が通り過ぎるまで、じっと待っている。

口にしたところで、どうしようもない。お互いに仕事があるし、二人ともそれを捨てられない。

もし、「仕事と恋人、どっちが大事?」と聞かれたら、自分はなんと答えるだろう。そして紹惟は。

紹惟は間違いなく、「どちらも」と答えるだろう。

二兎《にと》を追って、二兎とも手に入れるのが紹惟という男だ。どちらも手中に収めて大事にする。けれど万が一、兎《うさぎ》が手の中で死んでしまったら、あっさり手から放り出して次の兎を捕まえに行く。

たぶん、紹惟はそうする。今までもそうしてきたのだから。

でも永利は、そんな器用なことはできない。永利は迷いなく、「恋人が大事」と答える。

仕事も大切だ。でも何より紹惟を愛していて、この男が自分にとってすべてなのだ。

紹惟のためなら、俳優の仕事も捨てられる。このまま彼に溺《おぼ》れて、一緒に落ちてもいい。

こちらはそう思っているけれど、永利が仕事を捨てたら紹惟は落胆するに違いない。

仕事を捨て、何者でもなくなって、少しも輝けなくなった永利を、いずれ紹惟は愛さなくなるだろう。

紹惟に愛され続けるには、きちんと仕事をして、結果を出さなくてはならない。

だから自分は、仕事を捨てられない。

（堂々巡りだ）

この忙しさとすれ違いがいつまでも続くのかと思うと、袋小路にはまった気分になった。

大河の撮影が始まれば、今より忙しくなるだろう。考えて嫌になる。

すべて投げ打ちたい。紹惟とべったり二人で過ごしたい。でもそんな選択をしたら、紹惟に愛されなくなる……思考はまた、振り出しに戻る。

「眠れないのか」

耳元で聞こえた声は、眠そうにくぐもっていた。恋人の大きな手は、永利の心臓部分に触れている。

「……いつになったら、あなたとゆっくり過ごせるんだろうなって、思って」

沈黙が落ちた。ベッドでの会話は、どちらかが眠りに落ちて途切れることがままあったから、答えは期待していなかった。

「クランクアップはいつだったかな」

少しして、紹惟が口を開いた。

「いちおう、九月の中旬ってことになってる。下旬にかかるかもだけど」

ドラマの最終回が九月の最終週なので、撮影はだいたいその前の週に終わる。編集作業があるのと、月曜日放映のドラマなので、撮影が最終週まで押すことはないはずだ。どれほど修羅場になっても、前の週には終わるだろう。

「じゃあ九月の最終週か、十月の上旬だな。さすがに休みがあるだろう。俺も予定を合わせるから、少しゆっくりしよう」

「二人きりで？」

「ああ。温泉……は、まだ早いか。都内のホテルでもいい。どこかロケーションを変えて過ごす。たっぷりセックスもして」

紹惟はまるで魔法使いだ。永利の内心を読んだような提案をする。

「うん。ゆっくりしたい。場所はどこでもいい。二人きりで過ごせるなら」

永利は嬉しくて、紹惟の腕の中で軽く身震いした。

二人きりの濃密な時間を過ごしたら、この不安も少しは和らぐだろうか。

「決まりだ。場所はこれから考えよう」

紹惟の声も、心なしか嬉しそうだ。こめかみに音を立ててキスをされた。

「楽しみだな。その後の引っ越し作業も。忙しくなるだろうけど」

紹惟と永利の二人の家だ。紹惟のこの家に居候している今より、きっと精神的にも余裕が出るだろう。

この撮影が終われば、いいことがある。

そう考えると、気持ちが楽になった。身体が弛緩して、ようやく眠気を覚える。

「おやすみ」

うなじにキスをされて、うっとりと息をつく。

おやすみ、愛してる。そんな言葉を返そうとしたが、眠りに埋もれ、口から漏《も》れたのは「ん」というくぐもった声だけだった。

翌日、迎えに来た桶谷に、十川に協力したいという話をもちかけると、紹惟と同じく、

「そんなことになると思ってました」

と、返された。

「紹惟にも、同じこと言われた」

「永利君、珍しく十川さんに入れ込んでましたからね」

「入れ込んでなんかないけど」

反射的に否定したが、桶谷の言うとおりかもしれない。他の共演者なら、ここまで手を貸さなかっただろう。反感を覚えながらも放っておけないと思ったのだから、入れ込んでいるのだ。

「永利君から話を聞いて、僕も少し調べたんですけど、Kオフィスはあまり、花山《かやま》涼子《りょうこ》以外のマネージメントは期待できそうにないですから」

「Kオフィスって、そんなにひどいの？」

「ひどいってわけではないですけど、裏方にはあまり、優秀な人材はいないみたいですね。社長、十川君の父親は花山涼子の元マネージャーで、やり手だったらしいですけど。Kオフィスを立ち上げてからは経営に専念しているようで、特に目立った話も聞きませんし」

紹惟がいつか言っていたとおり、事務所は花山涼子の稼ぎで成り立っていたようだ。

「そもそも花山涼子からして、独立しないほうがよかったんじゃないかとも、言われてるみたいですよ。独立してから、どんどん仕事が減ってますからね。十川さんがもっと活躍したいと思ったら、やっぱり移籍をしたほうがいいと、僕も思いますよ」

移籍を肯定する桶谷の言葉に、永利もホッとした。紹惟が弁護士を紹介してくれるという話も、伝えた。

「もちろん、弁護士は付けたほうがいいでしょうね。十川さんの移籍先にうちが手を挙げるかどうかは、社長に相談してみないとわかりません」

それでも、話は伝えてくれるという。永利が何も言わないうちから、こちらの意を汲《く》んでくれるので助かる。

「ありがとう。余計な仕事を増やして申し訳ないけど、よろしくお願いします」

「こうなるかなと思って、覚悟してましたよ。具体的なことは、十川さん本人も交えて話しましょう」

本当に頼もしいマネージャーだ。

現場に着くと、すでに十川の姿があった。十川は永利を見るとはにかんだ笑みを浮かべ、

「永利さん。昨日はごちそうさまでした」

と、律儀にお礼を言ってきた。昨日もそうだが、いつの間にか名前呼びになっている。

「ずいぶん懐かれましたね」

たまたま隣にいた桶谷が、永利にだけ聞こえる声でつぶやいていた。

そうしてその日の撮影が穏やかに始まったのだが、珍しいことに、撮影の半ばから小松マネージャーが姿を現した。

「先日はうちの十川が、ご迷惑をおかけしました」

いつ来たのか、どこにいたのかわからないが、永利の休憩中、楽屋を訪ねてきて、丁寧に頭を下げた。

お詫《わ》びが遅くなって、と、菓子折りまで持っている。本当に今さらだな、と思ったものの、もちろん表には出さない。その場にいた桶谷もにこやかな顔で菓子折りを受け取っていた。

小松は第一印象もそうだったが、ぱっと見る限りはまともそうな人物だ。

過去に傷害事件に巻き込まれ、風貌も生意気で不良めいた十川と比べて、どちらが信頼できそうかと尋ねたら、人はまず小松を指すに違いない。

「私は駆け付けられなかったもので。ご親切にしていただいて、本当に助かりました」

けれど実際は、こうやって平然と嘘《うそ》をつくのだ。

桶谷が何度電話をしても連絡が取れなくて、翌日になって繋がったと思ったら、状況を尋ねることもなかった。今になってふらりと現れ、取ってつけたように詫びの口上を述べる。

平気で嘘がつけるタイプなのだろう。仕事でこういう人間に会うのは珍しくもないが、やはりいい気分ではない。

「現場でも、うちの十川と仲良くしていただいているみたいで」

半月型に細められた、おかめみたいな両目の奥で、ちらりとこちらの顔色を覗き込む。

探りを入れられているようで怖かった。さすがに、昨日の今日で、移籍の話に勘づいたわけではないだろう。

いずれはKオフィス側とも話をつけなければならないが、今の段階では秘密にして、十川と急接近したことも伏せておきたい。

「いやあ。彼とは絡みが多いですからね」

永利は笑ってごまかした。小松は目を半月型に細めたまま、丁寧な口調と態度で楽屋を出て行った。

その後、出番になってスタジオに入ったが、小松の姿を見たのは楽屋での一時だけだ。

「お前んとこのマネージャー、楽屋に挨拶に来たぞ」

十川を捕まえて言うと、彼はマネージャーが現場に来ていることすら知らなかった。小松は自分の担当する俳優と、顔も合わせていなかったのだ。

呆《あき》れる永利に、十川は苦笑する。

「俺は、いないほうが気が楽ですけどね。彼女と会っても、ちゃんとやってるの？　とか、小言みたいなこと言われるだけなんで」

ちゃんとやってるの、とは、十川こそ言いたいセリフだろう。

「大変だな」

「最初はイライラしましたね。でももう、慣れました。それに、永利さんに助けてもらったから。昨日の話がどう転ぶかわからないけど、俺にも味方してくれる人がいるんだって思ったら、なんか吹っ切れました」

言葉通り、今日の十川はどこか、すっきりした明るい表情をしていた。

「今は、演技を頑張りますね」

笑顔がまぶしい。スタッフに呼ばれて離れていく彼の後ろ姿を見ながら、自分も頑張ろうと、永利は思った。

それから数日後、久しぶりの休日、桶谷と三人で集まり、料理店で食事をしながら会合を開いた。

撮影のある日は、ゆっくり腰を落ち着けて話す時間が取れない。十川と休みの重なるこの日しかないだろうということで、夕方から集まった。

会合の場となった店は、アイ・プロ社長の知人が営んでいるという都内の和食料理店で、個室となっている二階の奥座敷を使わせてもらった。

十川の移籍は極秘事項だ。週刊誌などでちょっと匂わせられても、十川の立場は悪くなる。共演中の二人が仲良く食事をするという体裁を繕った。

「昨日、アイ・プロダクションの社長をはじめ役員と話し合いをしまして、十川さんをこちらでお預かりするという結論になりました」

配膳を終えた後、和室に据《す》えられたテーブルで、まず桶谷がそう言った。

彼の向かいに並んで座る永利と十川は、同時に息をつく。

十川は前日、アイ・プロで面談を行っていた。桶谷から移籍の話を聞いた社長が、まずは会うだけ会ってみようと動いてくれたのである。

社長と数名の役員、それに桶谷を交え、十川は一時間ほど話をしたらしい。

面談直後、電話で桶谷から聞いた話では、物怖《ものお》じしない十川の態度が、社長や役員たちの間で好感触だったということだった。

それでも、最終的にどういう判断が下されるのかわからず、今日こうして結果を聞くまで、永利は自分のことのようにドキドキしていたのだ。

一つの大きな問題が片付いて、胸を撫《な》でおろした。

「永利さん、桶谷さん、ありがとうございます」

十川も心底ホッとした顔で、深々と頭を下げた。

「まだこれからですよ。弁護士の先生も、できる限りのことはすると仰《おっしゃ》ってましたが」

そう言う桶谷は桶谷で、すでに弁護士と会って話をしていた。

ここ数日、水面下で多くの人間が動いている。言い出しっぺの永利は何もしていないので、申し訳ない気分だ。

「Kオフィスにはできる限り、円満に話を持って行くつもりです」

「向こうと話をするのは、九月って言ってたっけ」

「ええ。ドラマの最終回を見届けて、Kオフィスに交渉を申し込むつもりです」

「じゃあそれまでは、話が漏れないように気をつけないとな」

永利が十川を見ると、彼も素直にうなずいた。

「六本木で永利さんに助けてもらって、それから仲良くさせてもらってる話は、小松にももう、知られてますけど。これからも知られないように気をつけます」

六本木の泥酔事件で、永利たちが宿を世話したことも、今のところ小松には知られていないという。小松は、十川がいまだに恋人のアパートに居候していると思っているそうだ。

「小松さんやKオフィスにはもちろんですが、他の人にも一切他言無用です。移籍のことは極秘事項ですので」

桶谷が念を押すのに、十川は素直にうなずいてから、「あっ」と急に声を上げた。

「俺、プロデューサーの須藤さんに、それっぽいことを匂わせちゃいました」

永利と焼肉を食べた翌日、撮影現場で須藤と顔を合わせた際に、個人的な話になったのだという。

須藤は、十川が家族や事務所とうまくいっていないことを、前回の『女神の後ろ髪』の頃から気づいて何かと心配してくれていた。

遅刻の件がマネージャーのせいだというのも知っていて、現場での小松の態度も他の制作スタッフから聞き及んでいたようである。

それで先日も、十川を心配して近況を尋ねてきたそうだ。相手が相手だけに、十川も移籍を考えていること、移籍先の候補がアイ・プロであるという話をしてしまった。

「すみません、考えなしで。須藤さんは新人の頃にお世話になった人で、今回のオーディションにも呼んでくれたんです。先日も、移籍を考えてないのかって、ずばり聞かれちゃって」

「須藤プロデューサーなら大丈夫だと思いますが。いちおう、今度見かけたら言い含めておきましょう」

頭を下げる十川に、桶谷が慰めるように言う。

「でもこれからは、くれぐれも他言無用です」

桶谷の目がこちらにも向くので、永利も神妙にうなずいた。

一人の俳優の人生がかかっている。油断はできない。大変なことに手を貸してしまったとも思う。それでも今は、アイ・プロが十川を受け入れたという安堵《あんど》と喜びのほうが大きかった。

会合を終えて店を出ると、十川から、

「一話の放送、一緒に見ませんか」

と、誘われた。桶谷はこの後、事務所に戻ると言っていたから、永利と二人でという意味だろう。

そう、今夜は『真夜中のジキル』の第一話の放送日なのだ。時計を確認すると、ちょうどいい時間だった。

誰かと一緒に、リアルタイムで自分のドラマを見るのは初めてだが、また二人で演技の話をするのもいいかもしれない。すぐに誘いを受けた。

「永利君ちで見たらどうですか」

駐車場に向かいかけた桶谷が、横で話を聞いていて言った。

彼がこんなふうに口を挟むのは珍しい。意図はよくわからないが、桶谷がこう言うからには、きっとその方がいいのだろう。

「あ、じゃあ、そうする？　うちのほうがテレビが大きいし。うちっていうか、紹惟の家だけど」

家主に断ってからの方がいいと思い、スマートフォンを手にする。紹惟は仕事で出かけていて、今日も遅くなるはずだった。

すぐに返事が来るかわからない。すると、桶谷はこれにも、

「先生には、連絡を入れておけばいいんじゃないでしょうか。これくらいでガタガタ言う方じゃないでしょう」

確かに、永利が共演者を招いたとしても、紹惟は文句を言わないだろう。ただ、永利が気兼ねしているだけで。

「あの写真家の先生の家なんですよね。緊張するな」

十川がぼやく。しかし、永利と十川がグズグズしている間に、

「僕からも、先生に連絡しておきますね」

桶谷がさっさと話を進めてしまい、永利の自宅で鑑賞することが決まった。

車で自宅へ移動中、紹惟から返信があった。

人を家に呼んでも構わない、という趣旨の返事と、ワインセラーの奥のヴィンテージワイン以外なら、ストックの酒を好きに飲んでもいいというお達しがあった。

気前がいいなと、恋人の度量に感心する。同時に、飲み物の心配をするなんて、なんだか子供が初めて友達を家に呼んだ時のお母さんみたいだ、とも思う。

「明日は朝早いので、ほどほどで解散してくださいね。お酒を飲むなとは言いませんが、飲みすぎないように」

家の前に到着すると、桶谷がいつもより口うるさく釘《くぎ》を刺した。

「わかってる。こいつも、テレビを見終わったらすぐ、タクシーで帰すよ」

永利が十川を示し、十川も神妙に、「今日は、忙しいのにありがとうございました」と、頭を下げる。

桶谷を見送って家の門をくぐると、十川はしきりに建物の豪華さに驚いていた。

「でかっ。マンションですか」

もっとも、この家に初めて来た人はたいてい、こういう反応だ。

「お前が住んでた家はどうなの。元実家だって、これくらいでかかったんじゃないか」

「子供の頃に住んでたのは、そこそこでかい家でしたけど。それでも、ここまで立派じゃないですよ」

玄関に入り、十川が靴を脱ぎながらそんな話をする中、永利は手早くシューズボックスの上の宝石箱から指輪を取って装着した。そそくさと奥へ向かう。

十川に偏見はないとわかったが、そういうことを差し置いても、気恥ずかしい気分なのだ。

「うわ、すげえ。これ全部、あの写真家の先生の持ち物なんですよね」

長い廊下を歩きながら、十川は「すげえ」を連発し、奥のリビングに入ってまた、「うわー」と、はしゃいだ声を上げた。

「そうだよ。俺は居候なの。だから、頼むから物を壊さないでくれよ。紹惟のこだわりのインテリアなんだから」

「こだわりかあ。ぜんぶ高そうですよね。ソファも、俺が座っていいの？　って感じだし」

この家の客はみんな興奮したりはしゃいだりするが、ここまでではなかった。紹惟がいたから控えめだったのかもしれない。

「硬そうなのにふかふかだ」

ソファでぼよんと跳ねる後輩を、「落ち着けよ」と、いさめる。

「お前、二十七だろ」

「いやあ、これは三十過ぎたおっさんでもはしゃぎますって」

お前、そういうとこなんだよ……と、言いたくなるのをこらえる。

「ドラマに出てくる部屋みたいだ。二階はどうなってるんですか」

「俺たちのベッドルーム。上がったらぶっ飛ばすぞ」

幸い、十川はそこで大人しくなった。

キッチンの奥にあるミニワインセラーに行き、一番安いワインを取り出した。普段の食事の時に飲むような、スーパーで売っているものだ。

ストックしてあった、乾きもののつまみと一緒に出す。

「美味いですよ。これ、すげえ高いやつじゃないですか」

「……かもな」

テレビをつけると、ちょうどドラマの前にあるバラエティ番組が終わったところだった。

ＣＭを挟んでドラマの番組前予告が入ると、にわかに緊張する。すると隣で、

「すげえ緊張してきた」

十川が言うので、永利は笑ってしまった。

「俺も」

と、笑いながら言うと、こちらを見ていた十川はなぜか、気まずそうに目を背けた。

以前なら感じが悪いと思うところだが、十川のマイペースさと不可解さには慣れてきたので、あまり気にならない。

「永利さんも、緊張なんてするんですね。自分のドラマなんて、見慣れてるでしょう」

テレビを見たまま、不貞腐《ふてくさ》れたような口調で十川はつぶやいた。永利も、テレビに視線を向ける。

「普段はそこまでじゃないけど、それでも最初に自分の作品を見る時には緊張するよ。いつまで経《た》ったって慣れるもんじゃない。ましてや今回は主演だからな。これだけ大掛かりな特殊メイクも初めてだし。自分のせいでコケたら……周りの期待するような演技ができなかったらって思うと、怖い」

隣で、十川がこちらを振り返るのがわかった。

「いつだって怖いけど」

言葉を続けた。今の彼なら、永利が弱音を吐いても馬鹿にしたりはしないだろう。

「ずっと走り続けて、息が切れそうになることもある。今回は特に憂鬱だった」

わずかな沈黙の後、「すみません」と、小さくつぶやくのが聞こえた。振り返ると、十川はじっと永利の顔を見つめていた。

「俺、ほんとバカだったな。一人でイキッて、あんたに嫌味言って。永利さんは順風満帆で、何やってももてはやされて、悩みなんかないだろって思ってたんだ。そんなわけはないのに」

真剣な眼差しに、素直だなあと感心した。まるで子供みたいに、と言ったら馬鹿にしてると思われるだろうが、十川には時おり、十代の少年のような屈託のなさを感じる。

一見、悪っぽく見えるのに素直なところは、間違いなく彼の魅力の一つだろう。

そのことを口に出して言おうと思ったが、やめた。目の前の真剣な顔を見ていると、急に気恥ずかしさが湧いてきて、永利は目を逸《そ》らした。

「いいよ。俺だってお前のこと、苦労知らずのボンボンだって思ってたから」

言い訳のように代わりの言葉を口にして、「ドラマ、見よう」と、テレビを指した。

十川は何も言わず、永利の横顔をしばらく見ているようだった。気になったが、そのうち忘れた。ドラマに入り込んでいたのだ。

あの撮影の映像がこんなふうになるのか、という感嘆はいつものことだが、今回は演出の良さと出演者の演技に目を瞠《みは》った。

小田をはじめ、撮影現場では関心の低かった脇役も、こうして見るとみんないい演技をしている。

その中でもやはり、十川の演技は出色の出来だった。

正義感溢《あふ》れる体育会系の刑事、という設定からは逸脱していないのに、ちゃんと彼独特の雰囲気が出ている。

それに彼の解釈どおり、永利の深見に対する、純粋な友情だけではない仄暗《ほのぐら》い感情を抱いているのが垣間見《かいまみ》えて、早く次の十川のシーンを見てみたいと思わせた。

全体にいい出来だと思う。これは話題になるんじゃないか……そんな興奮を覚えた直後、一話のラストシーンで深見が「ハイド」に変身するシーンとなり、気分は急降下した。

「ああ――」

鏡を見て驚愕《きょうがく》する「ハイド」のバックにエンディングテーマが流れ、クレジットタイトルが表示される。そこまで見届けて、思わず頭を抱えた。

「何だこの演技。最悪だ……」

思った以上に悪かった。最低だ。最後の最後で、永利の演技がドラマをぶち壊している。

「どうしたんですか、急に。別に悪くなかったですよ」

永利が突然、頭を抱えて嘆いたので、十川の声音も戸惑っている。

「いや、クソだ。猿以下だ。別に悪くない、っていうのは、ド素人の演技って意味だ」

「そんな意味じゃないですよ。極端な人だなあ」

こちらの嘆きが大袈裟《おおげさ》に見えたのか、十川が苦笑する。

しかし、永利にとっては大袈裟でもなんでもなかった。自分の大根役者ぶりに打ちのめされていた。

やっぱりあの時、監督の言いなりのまま動くんじゃなかった。食い下がればよかった。

そう後悔する一方、でも食い下がってやり直したとして、納得のいく演技ができたのかと思う。いたずらに撮影を長引かせただけかもしれない。

「あーっ、最低だ。どうしよう。マジでどうしよう。明日は小田さんと絡むのに」

明日はよりにもよって、小田を殺害するシーンを撮影予定なのだ。

永利の「ハイド」が、どんな風に殺すのか、小田は楽しみにしていると言った。そのことを打ち明けると十川は、

「世界の小田満《みつる》にそこまで言わせるなんて、すごいじゃないですか」

感嘆半分、もう半分は面白がるように言う。

「すごくない。最後の最後で俺の演技が、このドラマをぶち壊してる」

「自己評価低いなあ。『ハイド』はまだ、最後にちょっと登場したばかりでこれからでしょう。俺は、永利さんの深見、すごいなって思いましたよ」

優しい声音に、ちらりと隣を窺《うかが》う。十川は永利を見てクスッと柔らかく笑った。後輩に慰められるなんて、申し訳ない気持ちだ。

「俺はあなたに、存在感薄いとか普通とか嫌味を言ったけど、こうして見たらぜんぜんそんなことはなかった。永利さんは周りと調和が取れてるんだ。だからそれだけ美人なのに浮いたりしない。でもちゃんと目立ってる。綺麗《きれい》なのに、誰にも嫌われないラインを保ってるって、すごいですよね」

熱っぽい口調で言われて、ゆるゆると抱えていた頭を離した。かっこ悪いところを見せてしまった。

「……ありがとう」

「それを言ったら、俺の浅岡のほうがひどかった。癖があって悪目立ちしてたな」

「そんなことない。浅岡はよかったよ。あれは個性だ」

十川の反省に、永利は勢いよく顔を上げて言った。驚いたように目を見開く十川と視線が合って、我に返る。

二人は同時に吹き出した。図らずも、お互いの褒め合いになってしまった。

「なんで俺たち、褒め合ってんだろ」

ひとしきり笑い合うと、永利は脱力してソファの背もたれに身を預けた。

「でもさ。今回の迅の演技は、本当によかった。最初に登場した時は、ただの青臭い熱血漢に見えて、その後の二人で飲んでるシーンでは、深見に対して好意だけじゃなく、奥のほうに悪感情を秘めてるのがちゃんとわかる。あと、一緒に演じてる時も思ったけど、間の取り方がうまいよな」

十川が軽く目を瞠ってこちらを見たきり、固まっているのに気づき、永利は背もたれから身を起こして、「どうした?」と、相手を覗き込んだ。

「あ、いや……」

こちらが近づいたぶん、十川は遠ざかるように顔を背けた。顔がちょっと赤い。

「そこまで、褒められるとは思わなくて」

照れているのだ。可愛《かわい》いところもあるじゃないか。永利はニヤニヤしてしまった。十川は顔を赤らめたまま、不貞腐れた顔でこちらを睨む。

「あんたが、こんな人だと思わなかった」

「どんな人だと思ってたんだよ」

即座に返ってきた答えは、想定よりも容赦がなかった。

「澄ましたナルシスト。ニコニコして汚い言葉も吐かなくて、上っ面は優しそうだけど、俺みたいな落ちこぼれや下っ端のことなんか、その辺の虫とか石ころみたいに思ってるんだろうなって」

「すげえ嫌な奴じゃない、俺」

でもきっと、そういうふうに思っている共演者が、過去にもいたのだろう。こちらのそうした内面が伝わったのか、十川は「すみません」と、小さく謝った。

「あんな嫌味を言って、後悔してます。最悪の態度だったのにいろいろしてくれて、感謝しかないです。あと、そういうのは抜きにしても、同じドラマに出てる役者同士、こうやって演技の話ができるのが嬉しい」

照れ臭そうに、訥々《とつとつ》と感謝を述べる後輩が可愛いと思う。元来は素直な性格なのだろう。

「それは、俺も思う。俺は、人付き合いが得意じゃなくてさ。長く芸能界にいるけど、こうやって共演者と演劇談義するの初めてなんだ」

こちらも照れ臭いながら素直に白状すると、十川は驚いたように固まっていた。コミュ障なことまで暴露することはなかったかもしれない。

顔が熱くなって、永利は腰を浮かせた。

「追加のつまみ、持ってくる。あ、でも……」

そろそろ帰る時間か。ドラマを見終えたらすぐ解散すること、という桶谷の言葉を思い出した。

でもこの雰囲気で、帰れとは言いづらい。とりあえずつまみを持ってこようと、その場を離れようとした時、不意に手を掴まれた。驚いて振り返る。

「永利さん」

ソファに座ったままの十川が、どこか思い詰めた表情で永利を見上げていた。永利の手首を掴む手が熱い。

視線が合うと、その目はわずかに細められた。どこか熱っぽい目つきに一瞬、どきりとする。

奇妙な沈黙が続いた。テレビから流れるＣＭの音声だけが明るい。

手首を掴む力が強いが、振り払うのもためらわれる。どうしよう、と永利は戸惑った。

「永利さん、俺」

意を決したように十川が立ち上がり、今度は永利を見下ろす形になる。唐突に距離が縮まって、思わず後じさった時だった。

「ただいま」

前触れもなくリビングのドアが開いて、紹惟が現れた。

びっくりした、なんてものではなかった。永利は飛び上がらんばかりに驚き、十川の肩もびくっと跳ねていた。

「あっ、お、お帰り」

永利はつっかえながら挨拶を返した。

いつの間に、帰ってきたのだろう。ちっとも気づかなかった。それに、今日は遅くなると言っていなかったか。

十川も驚いた顔をして、でもゆるゆると永利から手を離した。

紹惟はそんな十川を一瞥《いちべつ》し、こちらに歩いてくる。モデルのような長身が堂々とした足取りで近づいてくるのを、十川が呆然とした顔で見ている。

「は……早かったね」

永利はようやくそれだけ言った。

「早めに切り上げた。——初めまして」

紹惟は短く答え、十川に向かって言った。唇の端を引き上げて笑みの形を作ったが、目は笑っていなかった。

十川は飲まれたように紹惟を見つめた後、慌てて挨拶を返した。

「あっ、初めまして」

「氏家紹惟です」

紹惟が名乗って手を差し出すと、十川は戸惑いつつ、名乗り返して握手をする。

「もう、帰るのか？」

十川と永利の、どちらにともなく紹惟が尋ねる。口調は質問形だが、笑っていない目に「帰るよな」という圧を感じる。

今まで永利も見たことがないくらい、冷たく不穏な圧力だった。

十川は小さく嘆息した。

「はい。今、帰ろうと思ってたところです」

そうですよね、と、同意を求めるように永利を見る。あの視線の熱っぽさは、いつの間にか消えていた。

「うん、そうだな。桶谷君からも、ドラマ見たらほどほどで解散しろって言われてたし」

永利が答えると、紹惟が誘導するように先に立ち、玄関へと促した。十川が紹惟に続き、永利は二人の後につく。

「赤坂《あかさか》のマンスリーマンションにいるんだったな。車で送ろう」

玄関まで来て、紹惟が言った。永利はマンスリーマンションの場所まで、紹惟に教えた覚えはない。恐らくは桶谷経由で情報を得たのだろう。

それはともかく、

「だめだよ。仕事の後で、疲れてるんだろ。送迎なんてさせられないよ」

永利以上に忙しく飛び回っているのだ。紹惟に運転手などさせられない。永利は間に割って入った。

「タクシーを呼ぶから。迅も、それでいいよな」

十川がうなずく前に、スマートフォンを取り出す。紹惟は軽く目を細めたが、何も言わなかった。

永利が専用アプリでタクシーを呼ぶ間に、十川が「あの」と、紹惟に話しかける。

「今回、俺の件で弁護士を紹介してくださったんですよね。永利さんから聞きました。ありがとうございます」

紹惟はそこでなぜか、ぴくりと頬を震わせた。しかし、十川が折り目正しく頭を下げると、

「いや」と、にこやかな表情を作る。

「移籍の件、上手《うま》くいくといいな」

声音は柔らかいが、やっぱり目が怖い。別に浮気をしたわけでも、その現場に踏み込まれたわけでもないのに、妙な居心地の悪さを永利は感じた。

「ありがとうございます。永利さんも盛大に巻き込んじゃったんで、なるべく穏便に移籍したいですね」

十川が「永利さん」と口にした時、紹惟の頬がまたぴくりと動く。

「あ、もうすぐ、タクシー来るって」

紹惟の不機嫌の理由はわからないまま、永利は急いで十川を促した。

十川は靴を履き、外まで送りに出ようとする永利に、ここまでで結構ですと、丁寧に固辞した。タクシー代を貸そうとしたが、これも断られた。

「氏家先生、お邪魔しました。永利さん。また明日、よろしくお願いします」

最後は愛想よく、十川は挨拶をした。永利に微笑みかけてから、紹惟を見る。どこか挑発的な態度だと思ったのは、気のせいだろうか。

「あ、ああ」

「気をつけて」

礼儀正しい十川に、紹惟もにこやかに応じ、永利だけがまごついている。紹惟と十川の間に流れる空気が、妙に不穏なのだ。

そうしているうちに、十川は玄関の向こうへ消えた。やがて遠くで門を開閉する音が聞こえて、永利はホッとした。

しかし、それも束《つか》の間《ま》の安息だった。隣から手が伸びたかと思うと、次の瞬間には顎を取られていた。腰を強く抱き寄せられ、唇が塞《ふさ》がれる。

「んっ……」

その荒々しさに驚いた。どうしたのかと問いたくても、噛みつくようなキスをされてままならない。

「紹……どうし……」

「いつの間に、名前で呼び合う仲になったんだ？」

やがて、紹惟が掠《かす》れた声で言った。唇は離れたが、永利の頬を両手で挟み込んでいる。

「いつの間にって、いつの間にか、だよ」

真っ黒く光のない両眼が険しく細められて、心臓が止まりそうになった。怖い。それに不可解だ。

「向こうは、自分の苗字が嫌いだから、名前で呼んでくれって。……怒ってるの？」

返事の代わりに、再びキスをされた。抱きすくめられ、よろめくと、廊下の壁に身体を押し付けられる。

「さあな」

とぼけた答えだ。浮気を疑われているのかもしれないと思い、ムッとした。紹惟を強く睨む。

「俺のこと、疑ってるのかよ」

後ろめたいことなんてない。そう続けようとした。しかし、紹惟のキスに再び唇を塞がれた。

シャツの裾《すそ》から、大きな手が滑り込んで脇腹を撫でる。乱暴に乳首をひねられて、ぞくりと肌が粟立《あわだ》った。

永利は身をよじり、恋人の愛撫《あいぶ》から逃れた。

「やめろよ」

わけがわからない。紹惟がこんな態度を取るのは初めてだった。

存在が威圧的で怖いから、怒りっぽい人だと思われがちだけれど、彼はいつだって感情がフラットだ。仕事で苛立《いらだ》った顔をされることはあるが、それでも感情のまま振る舞ったりはしない。

突然、見知らぬ世界に放り出されたみたいで恐ろしかった。

「なんなんだよ。なんでそんなに怒ってるんだよ」

「怒ってない。お前の浮気を疑ってもいない」

皮肉っぽい苦笑を携えて、紹惟はつぶやく。わからないのか？　というふうに。

永利の頭に一つの可能性が浮かんだが、信じられなかった。

「まさか、妬《や》いてる、ってこと？」

つぶやくように言うと、紹惟は眉をひそめて剣呑《けんのん》に笑った。永利に思い知らせるように、荒々しくキスをして、シャツの下の素肌をまさぐる。

「待っ……」

「俺が嫉妬《しっと》するのは、そんなにおかしいか」

首筋を吸われて、身をすくめている間にベルトを引き抜かれた。ズボンを引き下ろそうとするから、永利は慌てて抵抗した。

「ここでやる気かよ」

「そういえば、玄関でやったことはなかったな」

獰猛《どうもう》な笑みを浮かべて言う。こちらが狼狽《ろうばい》し、怯めば怯むほど、紹惟の苛立ちは募るようだった。

戸惑うのと同時に、こんな紹惟を見るのは初めてで戸惑う。

仕事でもプライベートでも、こんなふうに苛立ちをぶつけられたことはない。

周りがどれほど焦っても、いつも紹惟だけは泰然と構えていた。冷静に状況を窺い、誰に当たることなく、淡々とその時の最良な判断を下し、行動する。

多くの男女と身体の関係を持ち、相手を魅了しながら、紹惟は決して同じ熱量で人を愛することはない。

氏家紹惟はそういう男だ。そう思っていた。

「俺のこと、本気で……想《おも》ってくれてる?」

鎖骨に唇を落とす男の頬を手のひらで包み、永利は尋ねた。聞きながら、まだ半分は信じられずにいた。

しかし、紹惟にとっては意外な問いかけだったようだ。

切れ長の双眸《そうぼう》が、こちらの真意を問うように覗きこんでくる。永利の瞳に猜疑《さいぎ》の色があるのに気づいたのだろう。紹惟の目は驚きに見開かれた後、どこか痛ましそうに細められた。

強引な愛撫が止まる。永利はその間も、どんな答えが出てくるのか、不安に心を揺らしていた。

紹惟は深く息をつくと、そんな永利を抱きしめる。

「本気で愛してる。決まってるだろう」

短い言葉だった。装飾も何もない、簡素な愛の言葉だ。

愛していると言われたのは、初めてではない。でも今の言葉が一番、心に響いた気がする。

「浮気、してない？」

恋人の胸に顔をうずめながら、永利はずっと聞けなかったことを口にした。

「俺が？　していない」

紹惟は怪訝《けげん》そうに聞き返し、即座に否定してくれた。それだけでは足りないと思ったのか、永利を抱きしめる腕に力を込め、付け加える。

「お前だけにすると言っただろう。嘘じゃない。誰とも寝てないし、これからもお前だけにする。愛してるのはお前だけだ。……心を揺さぶられて、乱されるのは」

永利は我知らず、ため息をついた。紹惟の言葉が、今は素直に心に入ってくる。言葉のとおり、彼が生々しい感情をぶつけてきたからだ。

「俺の浮気を疑ってるのか?」

紹惟がこちらの顔を覗き込んでくる。同時に、永利の頭をあやすように撫でた。甘やかす仕草に、永利はひどくホッとする。

「前に、香水の匂いさせてたじゃん」

言ってはみたものの、それがいつのことだったか、永利自身も思い出せなかった。

それでも紹惟は、すぐに何のことだかわかったようだ。「あれか」と、苦笑する。

「あの時、お前は寝てただろう」

そうだった。永利も当時のことを思い出す。ベッドに入ってまどろんでいたところに、紹惟が帰って来たのだ。

「ちょっと起きたんだよ」

不貞腐れた声で言った。紹惟は愛《いと》おしそうにこちらを見つめ、永利の頬を撫でる。

「香水のきついクライアントがいたんだ。お前がどんな顔をするかと思って、そのまま匂いを付けて帰ったのに、寝ていたからがっかりした」

「俺の反応が見たかったの?」

「妬いてくれるのを期待した」

「バカだろ」

こっちが、どんな気持ちになったと思っているんだ。怒った顔をして睨むと、紹惟は嬉しそうに笑いながら永利を抱き締めた。

「悪かった。それでずっと、疑ってたのか？」

「あなたの過去の行状を考えたら、疑うのも無理はないだろ」

「それを言われると、返す言葉もないな」

紹惟も素直に認める。

「愛してるって言われたけど、半分信じられなかった。今だけかもしれないとか、身体は別かもしれないとか、色々考えちゃって。今もまだ少し……信じられない」

今までの紹惟を見ていたから、そして彼という人間を知っているから、「信じる」とは口にできない。

「ああ」

永利の葛藤をよく理解している、というように、紹惟はうなずいた。

「お前を口説く時、一生をかけて信じさせると言ったんだ。これからゆっくり証明する」

言って、永利の頰や唇にキスをする。もう一度、「愛してる」と囁《ささや》いた。

「お前だけを愛してる。本当だ。これほど執着するのも、束縛したいと思うのも、お前だからだ」

紹惟の言葉に、心が甘く震えた。永利も紹惟の身体を強く抱き締める。

「迅のことは別に、何とも思ってないよ」

紹惟はすぐには答えなかった。抱擁がさらにきつくなった。

「それでも、彼の才能には魅せられてるだろう。どういうたぐいのものだろうと、お前が誰かに強い感情を向けるのに、俺は嫉妬する」

「……狭量だ」

思わずつぶやくと、紹惟はまた笑った。永利の唇をついばむ。

「お前限定でな」

永利の知る紹惟は、嫉妬とは無縁だった。彼は感情のまま振る舞わない。執着も束縛もしない。

そんな紹惟が、永利にだけは執着する。永利が後輩と名前で呼び合うだけで、嫉妬する。

どれほど愛していると言われても信じられなかったのに、紹惟の剝《む》き出しの嫉妬と執着を見せられて、ようやく信じられた。

永利が紹惟に向けるのと同じ感情、同じだけの熱量を、彼もまた自分に傾けてくれている。

これからもたぶん、紹惟の愛を疑って不安になることはあるだろう。紹惟の隣にいて、彼を愛している限り、その不安はなくならない。

今までは不安を抑え込んでいた。何でもないふりをしてきた。

でもこれからは、素直に聞けると思う。不安になるたび、「俺のこと愛してる?」と。

「上に行こう」

紹惟が抱擁を解いた。二階の寝室で仕切り直そう、という意味だ。

「ここでしないの」

先ほどは困惑しかなかったが、今はちょっと残念な気分だった。玄関先で乱暴なセックスをするのもいいかもしれない、と思った。

「それはまた、今度な。今は、お前をぞんざいに扱いたくない」

いいか？　と、最後に短く意思を聞かれた。いいよ、と永利はうなずく。

欲望を満たすだけのセックスもいいが、それはまた今度にしよう。今はそう、互いの愛情を確かめ合いたい。

紹惟が差し出した手を、永利は恭しく取った。


二階に上がって、二人でシャワーを浴びた。永利《えいり》も紹惟《しょうい》も、ベッドに行くまで我慢できなかった。かなりの時間を、バスルームで過ごしたと思う。

ベッドに移動し、そこでまた長い時間、紹惟に抱かれた。幾度も紹惟の欲望を身体《からだ》の奥で受け止め、永利も何度も射精した。

寝る時間がなくなるとか、激しいセックスの後、長時間の撮影に耐えられるのか、といった現実が頭を過《よぎ》ったが、それはほんの一瞬だった。恐らく紹惟も同様だろう。

仕事より何より、今は二人で愛を確かめ合うことが重要だった。

「愛してる」

永利を激しく抱きながら、紹惟は何度もその言葉を口にした。繰り返し、永利の心の奥深くにまで届くように。

いつも自信に揺るぎがないその黒い双眸《そうぼう》が、時折、切なげに揺れるのも幾度か目にした。そんな紹惟を見るたび、永利の中に喜びと、恋人への愛《いと》おしさとが湧《わ》き上がる。

「最初にお前が十川《とがわ》と顔を合わせた日。お前の十川への反応に、不安を覚えた」

激しい情交を終えた後、汗ばんだ身体で抱き合いながら、紹惟がぽつりと告白した。

窓の外はもう、白み始めている。永利は心地よい疲れを感じていたが、きっと起き上がったら、ひどくだるくて身体のあちこちが悲鳴を上げるだろうと思った。

「不安？」

顔を上げて問い、また紹惟の胸の上に頭を預ける。汗ばんだ恋人の肌はひんやりして、でも抱き合っていると温《ぬく》もりが伝わってくる。

紹惟が不安を口にするのは珍しかった。永利と出会ってから、彼が弱音を吐いたことはほとんどない。

永利は十川と出会った日のことを、懸命に思い出した。

「俺、あいつのこと嫌いって言わなかったっけ」

怪訝《けげん》な顔をしていたのだろう、紹惟はどこかもどかしそうに、「だからだ」と、苦笑した。

「いつものお前は初対面の相手に、踏み込んだ感情を抱いたりしないだろう。なのに十川に限って、強い感情を抱いた。好きでも嫌いでも、同じことだ。正直を言えば、怖かったよ」

怖かった。紹惟の不安の正体より何より、彼がその言葉を口にしたことに驚いた。

「意外か？」

驚いていると、紹惟は低く笑って永利の髪を手で梳《す》いた。

「うん。あなたはいつも、超然としてるから。弱音だって吐かないしさ」

「前にも言わなかったか？　お前の前では恰好《かっこう》を付けていたいんだ。年上の余裕と包容力を見せたい」

確かに以前、恋人になる前にも、そんなことを言われた気がする。

でも、紹惟も人間だ。気弱になることもあるし、嫉妬《しっと》だってするのだ。

「十川は俺よりうんと若くて、顔もいい。お前と同じ俳優で、仕事の悩みも相談できるかもしれない。十川だけじゃない。俺が側《そば》にいない間、お前は色んな人間に会うだろう。強い個性を持つ、魅力的な人々に。いつかお前が、俺ではない誰かを選ぶかもしれないと考えたら、それだけで気が狂いそうになる。お前を家に閉じ込めておきたい衝動に駆られる」

今日は紹惟の発言に何度も驚かされているけれど、これまたびっくりする言葉だった。

目を白黒させていたら、紹惟はおかしそうに笑った。

「それだけ驚くなら、俺も恰好を付けた甲斐《かい》があるな」

「俺のほうがいっぱい、あなたを愛してると思ってた。俺ばっかり好きだなって。恋人になってからも、まだ片想いをしているような気分だった」

「愛の重さなら、お前に負けない自信はあるぞ」

「俺だって負けてないよ」

思わず言い返して、二人で笑った。その後はしばらく、どちらも無言だった。紹惟は永利の髪を撫《な》でていたが、やがてふと口を開いた。

「俺は人から、泰然としてるとか、豪放磊落《らいらく》だとか言われる」

紹惟の胸の上で、永利はうなずいた。

「だが実際は、臆病で狡《ずる》くて、執念深い男だ。お前を束縛せず、自由にさせてるふりをして、裏では桶谷《おけたに》にお前の様子を細かく聞いたりするような、小さい野郎なんだよ」

今日の紹惟は、ずいぶん自分を卑下する。でも、永利も同じだ。相手によく見せようとしたり、束縛をしたら嫌われるんじゃないかと不安になって、言いたいことを言えずにいたりする。

相手を好きになればなるほど、その思いに比例するように臆病になる。

「俺も同じだ。少しでもあなたによく見られたくて、つまらない意地を張ったりしてる」

永利は言った。永利はいつも紹惟を超人のように思ってしまうけれど、彼も人間なのだ。恋をすれば普通の男だ。

でも、幻滅したりはしない。むしろ嬉《うれ》しかった。

「愛の重さなら、負けてない自信がある。本当はもっとお前のそばにいたいし、できれば誰の目にも触れさせたくない。家に閉じ込めておきたい。だが、お前を幸せにするのは自分でありたいとも思う。お前の喜ぶ顔が見たいし、俺と恋人になってよかったと思ってほしい。……ジレンマだな」

紹惟の告白を聞きながら、永利はどうして今まで、彼の愛情を疑っていたのだろうと目が覚めるような気持ちになった。

永利の前で恰好を付けたいからだと言うけれど、紹惟はいつもさりげなく、永利を支えてくれる。

今回だって、忙しい仕事の合間を縫って、十川のために弁護士にも連絡をつけてくれた。十川が永利に近づくのを恐れ、それでも永利の気持ちを尊重して尽くしてくれる。

この先、もし万が一……億に一つもないけれど……紹惟以外の誰かと付き合ったとしても、誰も永利をここまで深く愛してはくれないだろう。

永利もまた、紹惟の他にこれほど深く愛せる相手はいないと思う。

かつて、永利は紹惟に恋をしていた。その恋が薄れたわけではない。でも今は、その恋に愛情が加わっている。

紹惟を愛している。彼に愛されている。今夜ようやく、そのことを実感した。

「俺がもし仕事をやめても、愛してくれる？」

答えはわかっていたが、永利は問いかけた。これからは、もう少し素直に自分の気持ちを伝えよう。

「もちろん。どんなお前でも愛してる。無職でもフリーターでも、お前はお前だ。……今のドラマの仕事は、楽しくないか？」

甘やかすような声音に、じわりと涙が滲《にじ》んだ。悩んで壁にぶち当たっても、恋人はこうして話を聞いてくれる。それはなんて幸せなことだろう。

「楽しいかどうか、考える余裕もなかった。失敗したらどうしようって、プレッシャーばかりで。周りの期待に応えなきゃって思うし、何よりも期待に応えられない俺は、あなたにとっても魅力がなくなるような気がして、怖かった」

言葉を切ると、肩を抱き寄せられた。

「それくらいでお前の魅力が消えることはないから、安心しろ。ドラマがコケたら、それは脚本か監督、もしくはプロデューサーが悪かったんだ。お前の良さを引き出せないなんて、ぼんくらだ」

きっぱり言い切られて、永利はくすりと笑った。

「わかった。そう思うことにする」

紹惟はそんな永利の唇をついばみ、言った。

「やっと、弱音を吐いてくれたな」

「俺、いつも弱音ばっかりじゃない？」

永利が軽く目を瞠《みは》ると、「いや」と、首を横に振られる。

「ほとんどない。本当の本音で弱音を吐くのは、初めてじゃないか。お前は決して、愛してくれとか、慰めてくれとは言わない。自分の中で抱え込むだろう」

そう言われれば、そうかもしれない。

「愛してなんて、ウザいこと言って嫌われたくなかったんだよ。でも、それは紹惟も同じだろ」

確かにな、と紹惟もつぶやく。自分たちは本当に臆病だった。

「俺も、紹惟が弱音を吐いても束縛しても、写真家をやめて一文無しになっても、愛してるよ」

相手の唇の端にキスをしながら言うと、紹惟は口を開けて笑った。屈託のない、子供みたいな笑顔だった。

話している間にも、窓の外は明るくなっていく。身体はクタクタだったけれど、心は今までにないくらい、満たされていた。

わずかな時間まどろんで、起き上がるとやっぱり、身体がギシギシ悲鳴を上げた。

「悪かった」

ぎこちない動きをする永利に、紹惟は謝ったけれど、彼だけのせいではない。永利も同じだけ求めたのだ。

二人はシリアルとヨーグルトの軽い朝食を摂《と》り、紹惟は桶谷が迎えに来るまで付いていてくれた。

桶谷は、永利が紹惟に支えられながら玄関から出てきたので、ちょっと驚いていた。永利が満身創痍《そうい》なのを見て、軽く目を吊《つ》り上げる。

「悪い。俺が無茶をした」

マネージャーが口を開く前に、紹惟が先回りするように謝罪した。

「紹惟だけのせいじゃないよ。ごめん。昨日は二人で話し合ってて、あまり眠れなくて」

一晩中セックスしていましたとは言えず、そんなふうに言ったのだが、敏腕マネージャーにはもちろん気づかれていた。

桶谷は二人の顔を見ながら大袈裟《おおげさ》にため息をつき、「とにかく乗ってください」と、永利を車へ促す。

「先生も、そろそろ出かけたほうがいいんじゃないですか。永利君に合わせて休みを取るって言って、スケジュール前倒しにしたそうですね。秘書さんが、こないだぼやいてましたよ」

ついでとばかりに桶谷が暴露したので、紹惟は苦笑した。

「情報が筒抜けだな」

「お互い様でしょ。もう、クランクアップまでまだ日があるんですから、考えてくださいよ」

桶谷はブツブツ言いながら永利を追い立て、自分も車に乗り込む。でも、ドアを閉めた途端、

「つらかったら、横になっててていいですよ」

と、声をかけてくるあたり、永利に甘いと思う。

撮影現場に到着すると、まず特殊メイクをほどこされた。上半身は裸になるので、昨日の痕《あと》が残っていないかひやりとしたが、紹惟は加減してくれたようだ。

メイクを終えて、スタジオに入る。そこにはすでに、小田《おだ》の姿があった。

今日、自分は彼を殺さなくてはいけない。

「おっ、今日もいい男だねえ」

醜い「ハイド」の姿に、小田がそんな軽口を叩《たた》く。昨日までの永利だったら、余裕がなくてイライラしていただろう。

今は不思議なくらい、気持ちが落ち着いていた。紹惟の愛情を確認できたおかげだろう。ず

いぶん現金だなと、我ながら呆《あき》れてしまう。

でも紹惟が、どんな永利でも愛していると言ってくれたから、心が解放されたのだ。

「できれば、楽しんで演じてこい」

今朝、紹惟からそう言われた。

思えば未だかつて、自分は純粋に演技を楽しんだことはなかった。いつも必死で、自分で自分を追い詰めていた気がする。

追い詰め追い込んで、我慢して努力しなければ、今の幸福は続かない気がしていた。したいから努力していたのではない。「頑張っている自分」に縋《すが》っていたのだ。

昨夜は紹惟に愛されて、羽目を外した。今なら演技を素直に楽しめる気がする。お利口な瀬《せ》戸《と》永利の殻を脱ぎ捨てて、欲望に忠実な「ハイド」を演じられる。

永利がスタジオ入りしてすぐ、十川も現れた。おはようございます、と周囲に折り目正しく挨拶をした後、永利の姿を見つけて小走りに駆け寄ってくる。

「永利さん、おはようございます。あっ、小田さんも」

「なんだよ。俺はついでかよお」

小田が唇を尖《とが》らせる。いえ、永利さんのメイクが目立つんで、などと十川が言いわけをしていた。

小田と十川は、脚本では絡みがないのに、ずいぶん親しそうだ。小田は誰に対しても馴《な》れ馴《な》れしいが、十川も人との距離を詰めるのは得意なようだ。そういえば、スタッフともたまに、仲良く話しているのを見かける。

十川はたまに空気を読まないし、会話が嚙《か》み合わないこともあるけれど、素のままでも魅力のあるキャラクターだ。

そんな感想を紹惟の前で言ったら、彼はまた嫉妬するだろうか。

「ずいぶん早いな。今日は出番はまだだろ」

小田が監督に呼ばれたので、永利と十川は周りのスタッフに挨拶をして前室に移動した。今日の十川の入りは、もう少し後のはずだ。

「小田さんを殺すシーン、見てみたくて」

「やめてくれ。余計に緊張する」

永利は昨夜、ドラマを見た時の絶望を思い出し、声を上げた。でも、昨日よりは少し、気分が浮上している。

紹惟から、楽しんでこいと言われたのが大きいかもしれない。

「彼氏、カッコよかったですね」

永利が紹惟のことを思い浮かべたのに気づいた、というわけではないだろうが、ソファの隣に座って、十川がぽつりと言った。

「俺、写真家の先生があんなにイケメンだとは、知らなかったんですよね。四十超えてるって聞いて、どうせただのオッサンだろって思ってた。けどあれは、イケメンの域を超えてますよ」

気落ちしたような顔で、ぼやくように言う。永利は彼の言葉の選び方に笑ってしまった。メイクが引き攣《つ》れて笑いにくい。

「うん。紹惟はいい男だよ。憎らしいくらい」

言ってから、惚気《のろけ》だったと気づく。

「永利さんが『ハイド』のメイクの日でよかった」

十川は膝の上に頬杖を突き、メイクの下の永利を見透かすようにじっと見つめた。

「素のあんただったら、ムカついてキスしてるところだ」

「なんだそりゃ」

惚気がムカついて、どうしてキスに繋《つな》がるのかわからない。しかし十川は、怪訝な声を上げる永利にまた、ため息をついた。

「そういうとこですよ、永利さん」

「お前な……」

何がそういうところ、だ。それはこっちのセリフだ。言いかけたが、

「瀬戸さん、お願いします」

制作スタッフに呼ばれて、永利は立ち上がった。十川もそれに続く。永利の「ハイド」の演

技を見ようというのだ。

「来るな。緊張する」

「じゃあ、なおさら見ないと」

「何がじゃあだ」

ボソボソと言い合う二人に、スタッフが笑う。

前室を出ると、スタジオのセットと小田の姿が見えて、手足が冷たくなった。

——楽しんで演じてこい。

紹惟の声を思い出す。今さらうろたえても仕方がない。こうなったらもう、楽しむしかないだろう。

そう考えて、永利は人工皮膚に覆われた顔を上げ、挑むように前を見据《みす》えた。

リハーサルは無難に進んだ。

小田もリハーサルでは、演技を抑えているのがわかる。ドライリハからテンション全開のこともあるので、わざとだろう。

（楽しんでるな）

ている。

永利の出方を窺《うかが》っているところがある。短い休憩時間、ストローでペットボトルの水を飲みながら、永利は少し離れた場所で汗を拭《ぬぐ》う小田を見た。

いつも飄々《ひょうひょう》としてふざけているが、今は芝居に集中しているのか、じっとセットを見据えている。

怖いくらい真剣だ。でもきっと本番になれば、襲い来る「ハイド」から思いきりみっともなく逃げ惑い、みじめに汚く死んでみせるのだろう。

人間の本質を赤裸々に表現するから、人は小田に魅了される。

「本番入ります」

スタッフの声に、我に返る。永利はそこで、演技について考えるのをやめた。

楽しんで演じてこいという、紹惟の言葉をもう一度思い出す。

汚くても、みっともなくてもいい。盛大に失敗したっていい。どんな永利でも紹惟は愛してくれる。ならば今はただ、思いきり演じてみよう。

セットに入り、尻もちをついた形の小田に覆いかぶさる。監督のカウントダウンの後、シーンが始まるとすぐ、小田は恐怖を顔に張り付け、尻でいざって永利から逃げた。

「まっ、待ってくれ。俺が、俺が悪かった」

みじめさを滲ませる命乞いは、素直に永利を苛立《いらだ》たせる。上手《うま》いなあ、と内心でつぶやいたら、わくわくして笑みがひとりでに浮かんだ。

自分の中にある狂気を、表に出そうと集中した。誰にでもあるはずだ。自分勝手に振る舞いたいという欲望、思うさま欲望を叶《かな》えた時の爽快感《そうかい》。

永利は笑ったまま、小田の首に手をかけた。

「ずっとムカついてたんだよ、お前には」

小田が一瞬、傷ついたような悲しそうな表情を浮かべる。そのことにさえ愉悦を感じて、永利は笑みを深くした。

首を絞める手に、ありったけの力を込める、ふりをする。頭を上げようともがく小田を、体重をかけて床に押さえつけた。

自分が役に入りこんでいるのがわかる。「ハイド」になりきっている自分と、それを冷静に俯瞰《ふかん》している自分がいる。気持ちがよかった。

「……カット。カットです」

声がして、現実に引き戻された。目の前で小田が、目を見開いて固まっていた。

「はい、カット」

監督が繰り返す。永利は慌てて身体を起こし、小田に「大丈夫ですか」と尋ねた。

「すみません、体重かけすぎちゃいましたか」

力は込めないように気をつけていたが、役に入り込みすぎていたかもしれない。

「いやぜんぜん」

小田がいつもの調子で起き上がったので、ホッとする。

「あーっ、怖かったっ」

かと思うと、いきなり大きな声を上げた。あーよく寝た、みたいな言い方である。さっきまで固まっていたのに、テンションが高い。

しかしその声に、周りのスタッフたちがホッとしたような顔をした。同時にスタジオの空気が弛緩する。

永利はそこで、カットの声がかかった後も、空気が張り詰めていたことに気がついた。

「僕も雰囲気に呑《の》まれちゃいましたよ」

監督がカメラの奥から、ニコニコ笑いながら言い、それから思い出したように、「あ、OKです」と付け加えた。

「OK、OK。めっちゃ良かったです」

繰り返してまた、ニコニコしている。

これは、いい出来だったということだろうか。ぼんやりしていると、監督の隣から十川がひょこっと顔を出した。ずっと監督の近くにいたらしい。撮影スタッフの中に当たり前みたいに溶け込んでいたので、気がつかなかった。

「本気で殺してるのかと思いましたよ。永利さんがすげえ気持ち悪くて、ゾクゾクした」

「それ、誉め言葉なのか？」

「褒《ほ》め言葉だよ。あんたがただ、お綺麗《きれい》なだけじゃないってことだ」

隣から小田が言う。

「いいね、最高だった。お前にずっとムカついてたってセリフ、グサッときたもん」

小田は自分の胸を叩き、快活に笑う。最高、という言葉が嬉しくて、永利も我知らず笑顔になった。

「ありがとうございます。今、俺、すごく楽しかった」

十川の演技の模倣《もほう》を脱却し、自分なりの「ハイド」を摑《つか》んだ気がする。もっと、続きを演じてみたい。

演じることが、役者の仕事が楽しい。今、心からそう思えた。


「視聴率、いいみたいですよ」

撮影前の楽屋でメイクをしてもらっている時、桶谷からそう言われた。小田殺害のシーンを撮影した、一週間後のことである。

あの日は撮影を終えた後、監督から改めて褒めの言葉をもらった。

「『ハイド』に迫力とリアリティが出て、良かったですよ」

殺された小田も機嫌がよかった。

「今日が最終日だったら、めちゃくちゃ酒飲んだのに」

と、ぼやくとおり、小田はあの日殺されたのに、まだ撮影が残っている。撮影はストーリーの時系列と同じにはいかないから、クライマックスで終了できないのは仕方がない。

一話目が放映された直後、『真夜中のジキル』はSNSなどでも話題になった。話題は主に、「ハイド」のことだ。

特殊メイクの出来の良さに、「ハイド」は別の俳優が演じていると思っていた視聴者が、一定数いたようだ。

次回が楽しみ、という声もあって、ホッとする。

十川についての反応も多かった。SNSで、彼の過去の傷害事件を話題にしているユーザーもいたが、そこまで問題にはされていないようだ。

そして十川が「ホモソーシャルな関係」と分析したように、永利の「深見《ふかみ》」と十川の「浅岡《あさおか》」の間に、特別な関係性を見出《みいだ》す視聴者もいた。

「僕も見ました。二話もハラハラしましたね」

桶谷の言葉を受けて、永利の脇にいたメイクアップアーティストが言う。メイクと言っても、今日は「深見恭介《きょうすけ》」の撮りだけなので、まだ体力的には楽だ。

「この勢いのまま、最終回まで行ってほしいね」

永利は謙虚に応じた。実際、連続ドラマの一、二話は、番組の宣伝効果もあって、みんな注目するものだ。

これが回数を重ねるうち、視聴から脱落する者も増えてくる。一話目はものすごく盛り上がっていたのに、最終回にはほとんど話題にならなかった、なんていうドラマも珍しくはない。

勝負はこれからだと思う。しかし、それはそれとして、視聴者の反応は素直に嬉しかった。

支度を終え、鏡台の前の椅子から立ち上がる。途端、軽い立ち眩《くら》みがして、よろめいた。

「永利君！」

咄嗟《とっさ》に鏡台に手をつき、転倒を免《まぬが》れたが、桶谷とメイク担当が驚いて駆け寄ってきた。

「ちょっと立ち眩みかも」

ものの数秒で、ふらつきは治まった。桶谷に「大丈夫」と、状態を伝えてから、隣でやはり心配そうにしているメイク担当に、「実は」と、苦笑交じりに打ち明けた。

「昨日の撮影の後、小田さんと十川君と飲みに行って、寝不足なんです」

小田は昨日が撮影の最終日だった。その場にいた十川と一緒に、飲みに付き合わされたのだ。

小田には世話になっているし、大先輩の打ち上げだと言われたら、永利も十川も断れない。

最初は、二時間だけと時間を決めていたが、最終的には四時間に及んでいた。

今日の撮影に響かないよう、ちびちびアルコールを飲んでいたが、連日の疲れもあって最後のほうは眠気との戦いになっていた。

帰宅して、シャワーを浴びる気力もなくて、リビングのソファに倒れ込んだ。

永利より先に帰っていた紹惟は、こちらも疲れていて、帰るなりベッドに直行したようだ。

おかげで永利がソファで寝たことにも気づかなかったようで、翌朝、体調管理に気を付けろと小言をくらってしまった。

そんなこんなで、体調はすこぶる悪い。

しかし、これほど疲れていても、気持ちは上向いていた。小田殺害のシーンで「ハイド」の演技に手ごたえを感じた後、「ハイド」の撮影が続いた。少しずつ自分が解放されていくような、奇妙な爽快さをこのところ感じている。

「もう少し、ここで休んでましょうか」

「いや、もう大丈夫。治ったよ。ただの立ち眩みだね」

桶谷が心配そうに言うのに、永利は笑ってなんでもないところを見せた。本当にもう何ともない。一瞬のことだった。

「今日はどこにも飲みに行かず、ちゃんと寝るよ」

「当たり前です」

桶谷とそんなやり取りをしながら、楽屋を出ようとした。

楽屋のドアをノックする音がしたので、二人そろって「はい」と返事をする。

「失礼します」

と、間髪容《い》れずにドアが開いて、先に片付けを終えて戸口に立っていたメイク担当が、慌てて脇に除《よ》ける。スタッフが永利を呼びに来たと思ったのだが、違った。

現れたのは小松《こまつ》だった。

十川の楽屋は隣だ。しかしどうやら、彼女は部屋を間違えたわけではなさそうだった。くっきり描いた眉を吊り上げ、揃《そろ》い立つ桶谷と永利を見据えた。ご挨拶、という雰囲気でもない。

「小松さん、どうかしましたか。十川さんの楽屋はお隣ですよ」

永利が戸惑う横で、桶谷は普段と変わらぬ穏やかな笑みを浮かべて言った。

「先ほどの件です」

小松は桶谷に向かってそう言った。ひどく急《せ》いた口調だ。額に汗が滲んでいるところを見ると、ここまで急いで来たのかもしれない。

「先ほど、とは？」

桶谷は笑顔のまま、ほんのわずかな不快さを声に滲ませた。永利もわからなかった。

今朝も桶谷の車でテレビ局へ行き、二人で真っすぐこの楽屋に向かった。メイクをしている間、桶谷が電話をしている様子もなかった。

「留守電です。電話を何度も何度も入れたんですよ」

小松は焦《じ》れったそうに顔をしかめる。桶谷は黙ってスマートフォンを取り出し、「ああ、ずいぶん着信が入ってますね」と、のんびりした口調で言った。

「気づかずすみません。ですがこちらも、いつでも電話を取れるという状況ではないもので」

「瀬戸さんも当然、ご存知なんですよね。知らないはずないですよね」

用件も言わないうちから食ってかかるので、永利は困惑した。

戸口の脇に立ったままのメイク担当が、

「あの、そろそろ出たほうがよくないですか?」

と、廊下を示しながら声を上げ、そそくさと楽屋から逃げ出した。

それを受けて桶谷が、「そうですね、そろそろ時間ですし」と、永利を促して小松の脇をすり抜けようとする。

楽屋という密室でトラブルがあっては、後々面倒なことになる。永利も急いで廊下に出ようとした。

わけがわからない、という素振りをしておいたが、小松がこの剣幕で現れた理由は、薄々わかっていた。というか、一つしか思いつかない。十川の移籍の話だ。

「ちょっと、なんで逃げるんですか」

小松をすり抜けて廊下に出ると、彼女はさらに感情的になって声を上げた。桶谷は笑いを消し、永利を庇《かば》うように小松の前に立った。

「逃げるって。これから撮影なんです。それより落ち着きませんか。人の楽屋に勝手に入って、わけのわからないことをまくし立てて。あなたの態度はかなり非常識ですよ」

若造に非常識と言われ、小松がカッとなったのがわかった。目の色を変え、桶谷に言い返そうとした時、小松の背後にある隣の楽屋から、十川が飛び出してきた。

永利のメイク担当も一緒だった。廊下に出てすぐ、十川を呼びに行ったのだろう。

「小松さん、何やってんですか」

咎《とが》める十川の声に、小松はくるりと後ろを振り返った。怒りの矛先は、十川に向いたようだ。

「何やってんのはこっちのセリフよ」

つかつかと十川に近寄ったかと思うと、彼の胸を引っぱたく。永利を含めた周りの全員が、唖然《あぜん》とした。

「今さっき須藤《すどう》さんから聞いて、驚いたわよ。私に何の相談もなく、勝手なことして。どういうつもりなの」

移籍の話は、須藤から漏《も》れたのか。永利はため息をつきそうになった。

須藤の名前に、十川のほうも何の話か気づいたようだ。ちらりと小松の頭越しに永利たちを窺う。

永利もどうすればいいのか戸惑った。

小松はとにかく感情的になっている。須藤から十川の移籍話を耳にして、焦ったのだろう。

永利たちがのらくらかわすので、さらに頭に血が上り、十川に当たり散らしている。

テレビ局の廊下で、誰が話を聞いているかわからない。移籍の二文字を出されたくなかった。

「下手すりゃ裁判沙汰《ざた》よ。あんた、賠償金払えるの。払えないでしょう」

およそ、マネージャーの態度ではない。店員にクレームをつけるおばさんだ。十川も戸惑った顔で「落ち着けよ」となだめるが、その言葉が余計に小松を苛立たせたようだった。

「落ち着けるわけないでしょ」

ヒステリックな声に、廊下を行き交う人たちが足を止める。桶谷もまずいと思ったのか、やんわりと、しかし周囲に聞こえるように大きな声を出した。

「落ち着いてください。警備を呼びますよ」

「警備？　なんで？　私は何もしてませんよ」

こちらを振り向いた小松の、追い詰められたような表情を見て、永利はふと、あることをひらめいた。

しかしすぐ、「いやそれはさすがに、彼女が気の毒だろう」と考え、さらにその直後に「いやでも」と、思い直す。

小松の怠惰に、十川は振り回されてきたのだ。せっかくの復帰作、二年ぶりの大抜擢《だいばってき》だったのに、マネージャーのフォローもなく、孤軍奮闘するしかなかった。

一番最初の顔合わせの時、たった一人で会議室に現れた彼は、どれほど不安だっただろう。

小松が、Ｋオフィス側がしっかりしていれば、十川だって事務所を移ろうと思わなかった。

彼女にとっては寝耳に水で焦ったかもしれないが、自業自得だ。

そう考えて、永利はひらめきを実行に移すことに決めた。

どうしてそれを思いついたのか、自分でもよくわからない。

先ほど楽屋で目まいを覚え、倒れそうになったこと、あるいは、このところ演じている「ハイド」が憑依《ひょうい》したのかもしれない。

永利は気づくと、一歩前に出ていた。

「とにかく、ちょっと落ち着きましょう。ね？」

笑顔を浮かべ、小松の目の前に立ちふさがる。永利のほうが背が高いので、軽い威圧感を覚えたはずだ。

小松は一瞬、怯《ひる》んだ後、すぐに怒りを取り戻した。永利は笑顔のまま、さらに言葉を重ねる。

「もう少し、冷静になりましょう。おかめ顔が般若《はんにゃ》みたいになってますよ」

音量は抑え気味だったので、最後の一言は周りには聞こえなかったはずだ。聞こえたとしても、桶谷と十川くらいだろう。

どんな時でも、人の容姿をあげつらうのはよくない。自分が最低なことを言っている自覚はあった。小松の後ろで、十川が目を丸くしている。

「ちょっと。それ、どういう意味ですか」

小松は強気に前に出る。永利はへらっと笑いながら、両手を上げて見せた。

「え、何も言ってませんけど?」

ふざけた態度に見えただろう。小松の顔に朱が走った。

「馬鹿にして!」

叫んだ小松は、前のめりになった。一歩前に出たのは、無意識だっただろう。威嚇《いかく》するように永利を睨み上げるだけで、身体には触れていなかった。

しかし永利はそこで、さも彼女に突き飛ばされたかのように肩を揺らした。

「あっ」

声を上げ、後ろに倒れる。

思いきりよく派手にのけ反《ぞ》ったから、転倒の瞬間は本当にひやりとした。

「永利君!」

桶谷が叫んで手を差し出してくれなかったら、頭を打っていたかもしれない。

それでも勢いは止まらず、床に盛大に尻を打ち付けた。

「痛っ」

顔をしかめたのは演技ではない。尻をさすりつつ、ここで小松を糾弾《きゅうだん》するつもりだった。

「何してんだよ!」

十川が血相を変えて怒鳴り、小松の腕を掴んだ。小松は何が起こったのかわからず、呆然《ぼうぜん》としている。

桶谷が「永利君、大丈夫ですか」と、泣きそうな顔で言ったが、彼は永利がわざと転んだのが見えていたはずだ。なかなか役者である。

「警備の人を呼びましょう」

と、桶谷が顔を上げた時にはすでに、周りに人が集まっていた。

ドラマの関係者もいるが、関係のない人たちもちらほらいる。

「私、何もしてないわよ。この人が勝手に転んだのよ」

小松がうろたえた声を上げるが、十川が摑んだ腕を強く引いて黙らせた。

「いい加減にしろよ。あんた、自分が何やったのかわかってんのか」

そこに、周りの誰かが呼んだのか、警備員が数名現れて永利たちを見回した。

「小松さん、お帰りください」

桶谷がきっぱりと、小松に向かって言った。騒ぎの大元が誰か、この場で周知させるためだろう。

「うちの瀬戸も、それに十川さんも、これから大事な撮影があるんです。邪魔をしないでください。この場の状況も含めて、後ほどそちらの事務所に連絡致します」

事務所に直接、抗議するぞという意味だ。

青ざめた小松が、ふらりと踵《きびす》を返す。警備員の一人が「出口までお送りしますよ」と、丁重ながら厳しい声音で言うのを、「大丈夫です」と、下を向いたまま断る。

さらに、送ります、と食い下がる警備員を、「大丈夫ですからっ！」と、再びヒステリックな声を上げて振り払っていた。

野次馬の視線を受けながら、小松が警備員の一人と共に退場する。

残った警備員たちを、桶谷が礼を言って去らせた。

「永利さん、大丈夫ですか。すみません、うちのマネージャーが……」

十川が泣き出しそうな顔をしている。永利がわざと転んだことには、気づいていないらしい。

「何ともない」

永利は立ち上がり、彼の背中をポンポンと軽く叩いた。「後で話すよ」と、囁《ささや》く。

茶番劇はそれで終了だった。

桶谷には、後で叱《しか》られた。

「怪我《けが》でもしたらどうするんです」

あの時、永利が頭からのけ反ったので、桶谷はひやりとしたらしい。怪我がなくて幸いだった。

「俺はぜんぜん、気づきませんでした。小松が突き飛ばしたんだと思ってた」

十川はやはり、演技だとは思わなかったようだ。それでも自分のせいで永利が巻き込まれたと、しばらくしょげていた。

その日の撮影は、朝の騒動にもかかわらず滞りなく終わった。

撮影の途中、須藤プロデューサーが永利たちに謝りに来て、おおよその経緯がわかった。

小松は朝、十川のフォローではなく別の用事でテレビ局を訪れ、たまたま須藤と顔を合わせたらしい。

小松が十川そっちのけで、自分が担当する別の俳優を売り込んできたので、須藤はカチンときた。そんなことより十川のマネージメントに注力したらどうですか、というような小言のついでに、ついうっかり、口を滑らせたようだ。

悪気はなかったとか、うっかりですまされる問題ではない。

須藤には桶谷が改めて釘《くぎ》を刺し、ドラマの撮影が終わるまでの、現場での情報統制もお願いした。

Kオフィスには、アイ・プロダクションからその日のうちに抗議の電話を入れたそうだ。

向こうの社長とアイ・プロの役員とが話をして、そこで初めて十川の父親は、小松がろくに十川のマネージメントをしていないこと、むしろ杜撰《ずさん》なスケジュール管理で足を引っ張っていたことを知ったという。

「親父《おやじ》から珍しく連絡が来て、謝られました。気づかず申し訳ないって」

十川がその後の経過を教えてくれた。

小松は一連の問題を受けて、退職の運びとなった。

彼女は経歴が長いだけあって、一部の関係者には評判が良かったが、自分が不要と判断した相手には適当な対応をしたり、抱えている数名のタレントも、目をかけている俳優を除けば、十川ほどではないがかなりの放置ぶりだったそうだ。

十川の父は暫定《ざんてい》の対応として、小松の代わりに花山涼子《かやまりようこ》の専属マネージャーを付けようとしたが、十川は断った。

復帰前も今回もほとんど一人だった、と返せば、父親は何も言えなかったようだ。

移籍の件は、ドラマのクランクアップを待たずしてKオフィスに知られてしまった。しかし、小松の件もあって、恐らくはスムーズに運ぶだろう。

もとより、アイ・プロはKオフィスより力がある。悪いようには転ばないはずだ。

十川の父親も、そして小松も、今頃は臍《ほぞ》を噛んでいるだろうと永利は意地の悪いことを思う。

というのも、『真夜中のジキル』は回を追うごとに評判が大きくなっており、SNSでは熱狂的な支持を受けている。

毎週の放送日には、永利や十川、登場人物の名前がSNSのトレンドに必ず上がり、最終回近くなった現在ではテレビ情報誌をはじめ、様々な情報媒体でドラマが取り上げられるようになっている。

特に、十川演じる浅岡と、永利の一人二役とも言える深見の演技は、各所から注目を浴びていた。

十川にはすでに、他局から打診があったというから、今後も仕事は増えるだろう。過熱するドラマの評判に比例するように、撮影現場のテンションも高まっている。永利も役に入り込んでいて、十川に対して本当に長年の親友であるかのような友情を感じていた。

紹惟はきっと、気づいているだろう。嫉妬しているかもしれない。

でも今はこのまま、十川と共に疾走を続けたいと思う。

永利の「深見」が死ぬクライマックスシーンは、お台場《だいば》の埠頭《ふとう》にある、オフィスビル内での撮影だった。

ビルのエントランスホールは、三階まである吹き抜けのアトリウムになっており、ロケは夜間、そのアトリウムを借り切って行われた。

ハイドが逃げ、浅岡がそれを追う。薬の効果が薄れつつあったハイドは、逃走のさ中に深見恭介の姿へと戻ってしまう。

もう人を殺す快楽を味わうことはできない。浅岡にも正体が知られてしまった。

追い詰められた深見は、浅岡の目の前で隠し持っていたナイフを自らの胸に突き立てる。

こうして深見は浅岡の腕の中で息絶え、連続殺人犯のハイドこと深見恭介は自らの手で事件の幕を引くのだった。

「恭介、しっかりしろ」

カウントダウンの後、カメラが回り始めると、十川演じる浅岡が息を浅くして呼びかける。

永利の深見は、ひんやりとしたリノリウムの床に仰向けになって、どこか満足げにそれを眺めた。

「勝手に終わらせてんじゃねえよ」

顔をくしゃくしゃにして泣く浅岡は、駄々っ子みたいだ。

そういう、周りの目を気にせず素直に感情を発露させる浅岡が、深見は昔から妬《ねた》ましく疎ましかったのだ。

今、こうして取り乱す浅岡を見て、深見はほくそ笑んでいる。そして同時に、心からの親愛の情を抱いているだろう。

深見の本性を知って、軽蔑《けいべつ》し嫌悪しながらも、土壇場では自分のために、顔をくしゃくしゃにして涙を流してくれるのだから。

「雄大《ゆうだい》」

深見は頬を濡《ぬ》らす浅岡を呼び、手を伸ばす。満足げに微笑む、というのが、監督からのオーダーだった。永利はそれに、浅岡への愛情と慈しみを加えた。

深見は浅岡に正体を知られることによって、自分の裏も表もすべてさらけだした。深見を軽蔑しながらも、その死に取り乱し嘆く浅岡に、深見は妬みや憎しみを超える信愛の情を抱いたのではないか。

「俺は、ずっとお前が……」

言葉は途中で途切れた。深見が何を言おうとしていたのかはわからない。ずっと浅岡が憎かったのか、憧れていたのか、それとも……。

「——カット」

監督の声がかかったが、永利の心はまだ、深見のままだった。十川も同様だったらしい。

「うぅ……」

カットの数秒後、十川は低く呻《うめ》いたかと思うと、永利の胸に突っ伏した。

「うー」

「マジで泣いてんの？」

永利は苦笑しながら、自分の胸に伏せる十川の肩を叩いた。十川が顔を見せないままうなずく。

「恭介、死ぬなぁ」

と、おどけて声を上げたが、それも涙声だった。スタッフからも笑いが起こる。

少しして、監督から「ＯＫです」と言われた時には、ホッとして力が抜けた。

「おい、迅《じん》。一発ＯＫだってさ」

永利がくしゃりと頭を撫でると、十川はようやくゆるゆると顔を上げた。

「よかった。こんなんで撮り直しできないですもん」

べそべそと泣きながら言うから、笑ってしまう。しかし永利のほうも、もうワンテイクと言われたらどうしようかと思っていた。

もう一度、同じ演技をしろと言ってもできない。だって自分はたった今、死んでしまったのだから。そう思うくらい、深見に入り込んでいた。

やりきった、と爽快感を覚える一方、これで終わってしまった、という喪失感がある。

これで、撮影はすべて終了だった。このシーンを日程の最後に据えたのは、制作スタッフの配慮かもしれない。

「ありがとう」

まだ泣いている十川に、永利は言った。

撮影の始まりは、たまらなく憂鬱で苦しかった。こんな清々《すがすが》しい終わりになるとは、思っていなかった。

ここまで思いきり演じることができたのは、十川のおかげだ。もちろん、他の多くの人たちのおかげでもあるけれど、相手が十川でなければ、永利は深見と「ハイド」を演じきることはできなかっただろう。

それをすべて言葉にして伝えたかったのだが、さすがに多くのスタッフに囲まれるこの場で、長い告白をするのは恥ずかしい。だから永利が言えたのは「ありがとう」の一言だけだ。

でも十川には、どういうありがとうなのか伝わったようだった。

「う……」

また、くしゃっと顔を歪《ゆが》ませて泣くから、永利は笑って彼の肩を撫でた。

「『真夜中のジキル』、これにてオールアップです」

スタッフの声に、ホールにいた全員が拍手をした。十川が拍手をしながら立ち上がり、床に座り込んだままの永利に手を差し伸べた。永利はその手を取って立ち上がる。

どこからか、スタッフが二名、めいめいが花束を抱えて現れた。それは永利と十川に渡されて、また拍手が起こる。

永利と十川は、ほとんど同時に顔を見合わせた。この一か月ほどで、十川が何を考えているのか、理解できるようになったと思う。相手も同じだろう。

言葉にしなくても、目を見るだけで互いの呼吸がわかる。それは刹那《せつな》的なもので、撮影が終われば時間と共に失われていくものだ。

通じ合う今この時が愛おしく、そして切ない。

永利が十川に自分の持っていた花束を渡し、十川も同じようにした。互いに花を贈り合い、固く握手を交わす……と、思ったら、また十川が泣き出した。

花束を持ったまま、永利に勢いよく抱き付く。

「お、おい」

「ありがとうございました」

可愛《かわい》い後輩に涙声で言われては、振り払えない。永利は十川の背中をポンポン、とあやすように叩き、温かい眼差《まなざ》しを向けるスタッフたちに苦笑いを浮かべてみせた。

「永利さん。俺、ほんとに……」

耳元で囁かれた十川の声は、いまわの際の深見恭介のように、最後まで言わずに消えた。

だからその時、彼が何を言おうとしたのか、永利にはわからない。

ただこのフィナーレの時間が、そして自分を抱きしめて泣く十川が愛しくて、永利も涙を浮かべて別れを噛みしめていた。


撮影が終了してみんながアトリウムを引き上げたのは、日付が変わって未明のことだ。

東の空は薄《う》っすら白みかけていた。

制作側が、同じビルの貸し会議室を楽屋として借りてくれていて、永利たちはそこでメイクを落とし、着替えを済ませた。

「永利さん。帰り、やっぱちょっと飲んで帰りましょうよ」

楽屋代わりの会議室を出て、桶谷と待ち合わせをしているエレベーターホールに向かいながら、十川が言う。

まだ始発前、夜間はタクシーもあまり通らないような場所なので、帰りは十川も一緒に桶谷の車で帰ることになっていた。

十川は別れがたいらしく、会議室に入る前から飲みに行こうと誘ってくるので、永利は弱っていた。

今日から一週間、休暇に入る。紹惟と約束していた、念願の二人揃っての休みだ。

桶谷に頼んで、クランクアップから丸一週間、何も予定を入れないでもらった。紹惟も永利の休みに合わせるため、相当に苦労をした。

さっき、撮影を終えて会議室へ向かう際、クランクアップした旨のメッセージを紹惟に送った。すぐに「了解」と返って来たから、家で起きていて、永利の帰りを待っているはずだ。

十川にも、「紹惟が待ってるから」と断ったのだが、なかなか食い下がってくる。

「今、まだ浅岡の余韻《よいん》が残ってるから、このまま別れちゃうのは寂しいです」

永利の中にも深見がいて、名残惜しいという十川の気持ちはわかる。それだけに、強く突っぱねられなかった。

「いやでも、ほんとに家に待たせてるし。また今度な。だいたい、この時間に開いてる店もないだろ」

二人の会話は、静かな廊下によく響く。この時間、貸し会議室があるフロアには人気《ひとけ》がない。最後まで残っている演者は永利と十川の二人だけで、スタッフたちはエントランスに集まっているはずだ。彼らもぼちぼち、帰り始めている頃だろう。

「永利さん」

角を曲がればエレベーターホール、というところで、十川が不意に永利の腕を摑んだ。

「永利さん。じゃあ、うちで飲みましょうよ」

永利は冗談だと思い、笑いながら彼を振り返って、どきりとした。

予想外に真剣な眼差しが、こちらを見つめていたからだ。

「俺の部屋に行きましょう」

十川の瞳は熱を帯びていた。いつもの後輩の顔とは違う、思い詰めた表情に戸惑う。すぐには声が出なかった。

「——駄目だ。諦《あきら》めろ」

低く鋭い声が、二人の間に割って入った。振り返ると、エレベーターホールのある方から、紹惟が悠然《ゆうぜん》と姿を現した。

「えっ、紹惟?」

びっくりして、声が裏返った。どうしてここにいるのだろう。

十川も驚いて固まっている。紹惟の後ろから、桶谷が顔を出した。

「もう終わりましたか。十川さん、これから飲みに行くのはやめておきましょう。二人とも疲れてるんですから」

にこやかに笑っているが、さっきの会話を聞いていたらしい。めっ、というように軽く十川を睨んだ。

「紹惟、なんで。どうやってここまで来たの？」

最近はどこの施設でも、人の出入りが厳しくなっている。このビルも、夜間に出入りする時には、守衛に入館証を見せなければならなかった。

永利が言うと、紹惟は首に提げていたカードケースを指でつまんで見せた。カードケースには、入館証がちゃんと入っている。

「今日の俺は、お前の付き人だ」

冗談とも本気ともつかない口調だった。しかし、そう自己申告したそばから、「行くぞ」などと偉そうに促すから、付き人の態度とは程遠い。

「こういう無理を通すために氏家《うじいえ》先生は、日ごろから涙ぐましい努力をされてるんです。アイ・プロ役員のご子息のウェディングフォトを取ったり、社長の孫娘の七五三のフォトブックを作ったり」

エレベーターに乗りながら、桶谷が暴露した。紹惟が「おい」と、桶谷を睨む。十川はむすっと押し黙っていた。

永利はまだ驚いていたが、徐々に喜びが湧いてきた。紹惟はわざわざ迎えに来てくれたのだ。

今日は彼も、仕事終わりだった。疲れて帰ってきたはずなのに。

しかも、こういう融通を利かせるために、密《ひそ》かに仕事でもない写真を撮っていたという。

氏家紹惟が撮ったのなら、ウェディングフォトや七五三のフォトブックでも、さぞ箔《はく》が付くだろう。

嬉しいやら申し訳ないやら、でもやっぱり嬉しいやらで、笑みが浮かびそうになった。

エレベーターで地下駐車場まで降りる。桶谷の車の隣に紹惟の車が停《と》まっていた。

「それじゃあ、僕と十川さんはここで」

桶谷が仕切って、永利も「お疲れさまでした」と、十川や桶谷に頭を下げた。

十川もここに至ってようやく、不貞腐《ふてくさ》れた顔をやめた。

「永利さん、お世話になりました。桶谷さんも、それに氏家先生も。皆さんには本当に、言葉にならないくらい感謝してます」

撮影は無事に終わったけれど、その裏ではいろいろあった。この数か月の出来事を思い出すと、永利にも感慨と感傷がこみ上げてくる。

「今回のドラマは……特に永利さんの演技、すごく勉強になりました。それに、楽しかった」

「俺も楽しかった。また、飲もうな」

相手の笑顔に釣り込まれ、永利も自然と笑みが浮かんだ。ここまでは、感動の別れだったのだが。

「はい。……二人きりで」

意味深な声音で十川は言い、永利の手を握ろうとした。握手のつもりだろう、たぶん。

永利も手を差し出しかけたが、その指先は十川の手をかすめることはなかった。

横から紹惟の腕が伸びてきて、さらうように永利の肩を抱き寄せる。バランスを崩しかけたが、紹惟が受け止めてくれた。

「次も我が家を使うといい。歓迎するよ。我々の新居にもぜひ、遊びに来てくれ」

十川に向かって笑みを浮かべるが、胡散臭《うさんくさ》いくらい愛想がよかった。いつもの紹惟は、こんなにやたらとにこにこしない。

我々の、という単語をことさら強調するあたりが、大人げなかった。

「あの、じゃあ、また。桶谷君もありがとう」

恥ずかしくなって、そそくさと紹惟の車に移動した。桶谷は素知らぬ笑顔を返し、十川は紹惟をひと睨みして桶谷に続いた。

車の助手席に乗り込み、ちらりと隣の紹惟を窺う。先ほどの笑みは消えていたが、機嫌は悪くなさそうだ。

「迎えに来てくれて、ありがとう」

「俺が迎えに来たかったんだ」

言うや、こちらに身を乗り出し、かすめるようなキスをする。

「ちょっと！　まだ周りに人がいるだろ」

「ここから見える位置にいるのは、桶谷と十川だけだ」

永利が慌てているのに、紹惟はしれっとしている。

「……怒ってるの？」

「何にだ？」

即座に聞き返されて、言葉に詰まった。それを声に出してしまったら、永利は意識してしまう気がする。

せっかく、先輩後輩で仲良くなれたところなのに。

黙り込んでいると、紹惟はクスリと笑った。もう一度、こちらに首を伸ばす。永利が身構えると、頬にキスをした。

二人を乗せた車が、滑らかに発進する。

「怒ってはいない。妬《や》いてはいるが」

やがて、紹惟が言った。

「何に、とは、俺も言葉にしないでおく。そのほうがいいだろう？」

永利は黙ってうなずいた。

十川が向けた熱っぽい視線の意味を、鈍い永利も今はさすがに理解している。でも十川はそれをまだ、言葉にはしていない。永利は何も聞いていない。

ドラマの中の深見が、最後に何を言おうとしたのか誰にもわからないように、口に出さない十川の思いはまだ、彼だけのものだ。

「でも、二人で飲みに行くのはやめる。小田《おだ》さんを誘うよ。それか、誠一《せいいち》とか」

「うちに呼んでもいいさ。新しい家に」

「引っ越したら、お披露目パーティーもしなくちゃね」

それはまだ、もう少し先になるだろう。

駐車場から地上に出ると、永利はほんの少し、助手席の窓を開けた。

明け方の埠頭は大型のコンテナトラックを見かけるくらいで、歩道には人影がない。夜明けの薄明かりに街灯は消えていたが、周りの景色はまだ青く沈んでいた。

ここから海は見えない。でも、車窓から流れ込む風は微《かす》かに潮の香を含んでいる。

「このまま、どこかに行くか」

窓の外を眺めていると、紹惟が言った。永利は緩くかぶりを振る。

「家に帰りたい」

早く、あなたと抱き合いたい。深く長く、どろどろに溶けるくらい繋がりたい。

紹惟の熱い肌を想像し、身体の奥がうずいた。自分の中にあった深見恭介の残滓《ざんし》が、生ぬるい晩夏の風に流されていく。

「ああ、そうだな」

紹惟は静かに言い、車はゆっくりとスピードを上げた。

この一週間の休暇について、紹惟といくつもプランを出し合った。

どこに行くか、どう過ごすのか話し合うのは、肌を合わせるのと同じくらい興奮した。

最終的に二人は、家で過ごすことを選択した。自分たちの家なら、人目やチェックアウトの時間だって気にしなくてすむ。

落ち着く自宅でくたくたになるまでセックスして、よく眠り、だらだら過ごす。飽きたら出かければいい。

それに、もうすぐこの家ともお別れだ。来月、永利たちはいよいよ、新居に引っ越す。

最後にここで、楽しい思い出を作りたかった。

紹惟と出会ってから十一年、様々な記憶の詰まったこの家で。

「あ……ねえ、待っ……」

帰り道は終始、安全運転だったが、家に着いて玄関に入るなり、紹惟に襲われた。

息もできないくらい強く抱きしめられ、次に苦しいくらい何度もキスをされる。

「待てない」

短い応えの後、また深いキスをされた。腰や尻をまさぐられ、すでに硬くなった股間《こかん》を押し付けられる。

「やっとだ。やっと、お前を独り占めできる」

掠《かす》れた声が、永利の耳朶《じだ》をくすぐった。紹惟にいつもの余裕はない。

「ずっと、忙しくしてごめんね」

仕事が忙しいのはお互い様だけど、永利が撮影のスタミナを温存させるために、セックスは我慢させていた自覚がある。

二人で羽目を外したのは、撮影中に一度きり、十川がこの家に来たあの夜だけだ。

体力も性欲も人並み以上で、永利と付き合う前は、取っかえ引っかえ数多《あまた》の男女と寝ていたこの人が、よく耐えてくれたなとしみじみ思う。

「忙しいのは構わない。ただ……お前が帰ってきてくれて、よかった」

その声に永利はハッとして、胸を衝かれた。顔を上げると、いつも美しく完璧な男が、切なげに微笑《ほほえ》んでいた。

永利が主演の不安を払拭《ふっしょく》し、演技にのめり込んでいく間、紹惟はずっと不安だったのだ。

無理もないと、今になってようやく気づく。クライマックスに近づくにつれ、永利はどんどん深見と同化していった。

十川と毎日顔を合わせ、演技について話し合い、それ以外のこともたくさん話した。言葉にしなくてもお互いの言いたいことがわかるくらい、理解し合っていた。深見と浅岡になる間は、恋人の紹惟よりもずっと近くに十川がいた。

もしも自分が紹惟の立場だったら、と永利は思う。

若くて魅力的な男が毎日恋人の隣にいて、同じ仕事をして互いを高め合っている。そんな状況はきっと、苦しくて不安で、夜も眠れなかったかもしれない。

でも紹惟は、その苦痛と不安を表には出さず、黙って永利を見守っていてくれた。

「そんな顔をするな」

永利も紹惟と同じくらい、切なげな顔をしていたのかもしれない。紹惟の微笑が優しくなる。

「お前は、今のままいればいい。無自覚だろうが、お前は芸の求道者だ。目の前の役にのめり込み、また新しい高みへ登っていく。そのひたむきさと純粋さに、人は知らないうちに惹《ひ》かれてほだされる。不安になるのもやきもきするのも、そういうお前に惚《ほ》れて恋人になった、俺の宿命だ」

諦観ではなく、紹惟のそれは、覚悟を決めた口調だった。

永利が芝居にのめり込むほど、恋人を置いてけぼりにして不安にさせる。永利が紹惟の才能をまぶしく思い、でも決して同じ景色は見れないのと同じだ。

仕事をしてもしていなくても、紹惟は永利を愛していると言ってくれた。永利だって、何もしていない紹惟でも愛する自信はある。

けれど恐らく二人は、どちらも仕事を辞められはしない。糊口《ここう》をしのぐための生業《なりわい》ではなく、仕事を愛していて、すでに自分のアイデンティティにさえなっているからだ。

「それなら俺は、これから何度も伝えるよ。紹惟のこと愛してるって」

どうしたって不安になるし、不安にさせる。だから愛を伝えるし、永利も「俺のこと、愛してる？」と聞く。もう、我慢はしない。

永利は手を伸ばし、紹惟の頰を撫でた。いつも紹惟がそうしてくれるように、優しく、愛情と執着を込めて。

「これから俺は、あなたの愛が信じられなくなったら、ちゃんとあなたに確認するよ。だから、あなたも少しは聞いてほしい。弱みを見せてよ。すぐにぜんぶは無理かもしれないけど、少しずつでいいから。紹惟が執念深くても弱くても、小さい男だって、愛してるからさ」

紹惟はふっと息を漏らした。笑おうとしたのだと思う。しかしその表情は、泣いているようにも見えた。

「お前……出会った頃より、いい男になったな」

恋人は言って、永利を腕の中に抱き寄せた。それから、「俺のことを愛しているか？」と、尋ねる。

それは恐らく、今彼が見せられる精いっぱいの弱みだっただろう。永利は、紹惟を抱きしめて答えた。

「愛してる。あなた以外の人間を、こんなに深く愛せないよ」

唇をついばんだら、噛みつくようなキスが返ってきた。息苦しいくらい強く抱きしめられ、唇を貪《むさぼ》られて、永利も夢中になって相手を求めた。

会話の中で一瞬だけ治まりかけていた熱が、今度は何倍もの温度で永利の身体の芯《しん》を焦がし始めた。

「ここで、する？」

以前にもここで、紹惟に襲われたことを思い出し、そう口にしてみる。

「たまには無理やりってシチュエーションも、いいかも」

誘うように、わざと熱っぽく囁き、上目遣いで相手を見つめる。紹惟はキスを止め、決断を悩むように低く呻いた。

「魅力的な誘いだが……やっぱり最初はベッドかな」

真剣に悩んだ様子に、永利は笑ってしまった。プレゼントをどちらか選べと言われた、子供みたいだ。

「あなたはわりと、儀式にこだわるよね」

笑いながら恋人の頰を撫でると、彼は心外そうにしかめっ面をする。

「お前は意外と、ロマンを解さないよな」

永利もしかめっ面を作って紹惟を睨み、二人で揃って破顔した。どちらからともなく身体を寄せ、キスをする。

ロマンティックな紹惟とやや潔癖な永利は、服を脱ぎ捨てながらバスルームに向かった。

熱いシャワーを浴びながら口づけを繰り返し、肌をまさぐり合う。興奮しすぎて、どこから触れていいのかわからない。

紹惟の愛撫《あいぶ》は、いつもよりうんと乱暴だった。怒っているような冷たい無表情は、視線だけが熱くて、相手も興奮しているのだとわかる。

「十川は、お前に触れようとしてたな。よくあるのか？」

掠れた声が問いかける。真っ黒で獰猛《どうもう》な瞳は、どこか楽しげに見えた。

擦《こす》れ合う性器は、どちらもとっくに張り詰めている。

「手を握ろうとしたこと？　最近、距離は近いかな。今日の撮影では、倒れた俺の胸に突っ伏してきた……ッ」

「あ、んんっ」

右の乳首をひねられて、永利は息を詰めた。器用そうな指がくりくりと突起を弾《はじ》く。

「尻は？」

「そっちは、あ、や」

もう一方の手が、永利の尻のあわいに伸びた。

「ここは触らせてないだろうな？」

窄《すぼ》まりに指を潜り込ませてくる。そんなはずないだろ、と思ったが、紹惟が楽しんでいるのに気づいて、永利も薄笑いを浮かべた。

「さあ、どうか、な……あ……っ」

「あいつに入れさせたか？」

永利の尻を嬲《なぶ》りながら、太ももに性器を擦り付ける。赤黒いそれは、今にも弾けそうなくらいいきり立っていた。

「なんで、興奮してんだよ……」

呆れ半分、でも半分は永利も興奮していた。頭の中で、当て馬にした十川に謝っておく。

「想像だけなら興奮するな」

「本当にヤッたら？」

「相手の男を引き裂いてやる」

本当に殺してしまいそうだった。ギラついた視線を受け、永利は達しそうになる。

「なあ……もう、して？」

ベッドに行くまで、我慢できない。目を細める恋人の首に腕をからめる。

紹惟は無言で永利の片足を抱え、勢いよく自らの性器を突き立てた。

「は、ぁ……」

極太のペニスに一息に貫かれ、声が漏れる。ゾクゾクと甘い感覚が全身を駆け巡った。

「あ、ま、待って、ごめ……動かれたら、イッちゃう」

永利の性器は、先ほどから大量の先走りをだらしなくこぼしている。快感を長引かせたくて許しを請うたが、紹惟は容赦なく腰を打ち付けた。

「あぅ」

目の前が白く弾け、永利はバスルームの壁に勢いよく精を飛ばしていた。

「あ、あ」

余韻に浸る間も与えられず、律動はいっそう激しくなる。紹惟の手が、射精したばかりの永利のペニスを扱《しご》いた。むずがゆさに身もだえたが、紹惟は執拗《しつよう》に扱き立てる。

「や……イッてる……イッてるのに……ぃ」

泣きながら詰《なじ》ると、キスで唇をふさがれた。性器を扱いていた手が脇腹を撫で上げ、乳首を擦る。

「は……ぅ」

「すごいな、よく締まる……っ」

終わりがないように思えた激しい律動の果てに、紹惟が低く呻いた。軽く身を震わせながら、

永利を抱きしめる。

「あ……」

熱い。注ぎ込まれる熱に、永利は恍惚《こうこつ》とした。何も考えられず、自分を抱きしめる恋人の胸に身を預けた。


休暇の最初の一日か二日はそうやって、我慢していたぶんを取り戻すみたいに、二人ともセックスにのめり込んだ。

ベッドの上だけでなく、家じゅうのいろいろなところでむつみ合った。たぶんもう、ヤッてない場所はないんじゃないかというくらい、あらゆる場所でだ。もちろん、玄関でもした。

「ケダモノみたいだな」

我ながら、と永利がつぶやいたら、紹惟は愉快そうに笑っていた。

全身が筋肉痛になるくらいヤリまくって、さらにダラダラ半日を過ごし、それでもまだ半分も休暇が残っているというのは、ものすごく贅沢《ぜいたく》だと感じる。

曜日の感覚をすっかり失った休暇の後半、滅多に食べないデリバリーピザを昼食に頼んだ。

ソファに座って、昼間からワインとビールをちゃんぽんしながらピザを食べる。これも普段は滅多に見られない、昼のバラエティ番組を見ながら。

「昼から酒なんて、すっごく贅沢。けど、退廃的だなあ」

永利がピザをつまみながら上機嫌で言うと、隣でワインを飲んでいた紹惟は、「ずいぶん可愛らしい退廃だな」と、笑う。

そう言う紹惟だって、今朝は朝風呂に二人で浸かりながら、「贅沢だな」とつぶやいていたくせに。

憎まれ口を返すかわりに、永利は紹惟の肩に軽く頭突きをした。紹惟はちょっと笑いながら、でも無言でぐいぐい肩を押し返してくる。

こういう子供っぽいじゃれ合いは、以前にはなかったことだ。

自分たちは恋人として、次のステージに向かったんだなと、ビールとワインでほんのり酔った頭で、永利はしみじみ考えた。

「あ、始まった」

番組が一つ終わり、また次のバラエティが始まった。この番組内で、永利と十川がインタビュー出演する。

インタビューはクランクアップ直前、『真夜中のジキル』の最終回に向けた番宣のために、テレビ局で収録したものだった。

レギュラーコーナーが流れた後、ＣＭを挟んで永利と十川が画面に現れた。

永利は相変わらずの「お利口さん」という感じで、登場からはにかんだ笑いを浮かべている。

「俺、ほんとにバラエティに向かないよな」

会話の間を取るのが本当に下手くそで、嫌になる。

「いつまでもたどたどしい感じが、庇護《ひご》欲をそそると思うぞ。年配に人気が出るかもな」

紹惟が笑いを含んだ声で、慰めなのかわからないことを言う。永利はまた、ぐりぐり紹惟の肩に頭を擦りつけた。

テレビの中で、十川の顔がアップになる。

こうしてバラエティの画面で見ても、彼はやはり整った顔をしていた。しゃべりも上手い。簡単な台本があったが、途中から十川のアドリブが多くなった。永利があまりしゃべるのが上手くないので、いちいちフォローしてくれたのだ。

それでいて、出しゃばっている感じがちっともない。永利を立ててくれているのがわかる。

無表情の時は強面で不機嫌に見えるぶん、口を開くと爽《さわ》やかになって、このギャップに萌える視聴者も出てくるに違いない。

きっと十川はこれから、どんどん人気が出るだろう――ＶＴＲを見ながらそんなことを考えていたら、不意に視界が真っ暗になった。

紹惟の腕が永利の肩に回り、手で目隠しをされたのだ。

「わっ……なに」

驚いてじたばたしたが、目隠しを解いてくれない。やっと手を放してくれたと思ったら、画面は永利のアップに切り替わっていた。

「なんだよ、もう」

「俺以外の男を、そんなに真剣な目で見るな」

真顔で言われて、一瞬、意味がわからなかった。目が点になっていると、紹惟が不貞腐れたように鼻を鳴らし、コントローラーでテレビを消そうとする。

「こらこら、大人げない」

永利はコントローラーを取り上げたが、紹惟の子供っぽさに笑いをこらえきれなかった。

「あいにく、俺の度量は針の穴くらいしかないんだ」

威張って言う紹惟も、声に笑いを含んでいる。

「お前限定だが」

さらっと付け加えるから、たまらなくなって永利は恋人に抱きついた。

「知ってる。でも、そんな紹惟も愛してる」

すぐさま「俺も愛してる」と、くすぐったい返事がある。

二人はそうして、いつまでも笑いながらじゃれ合っていた。

あとがき

こんにちは、初めまして。小中大豆《こなかだいず》と申します。

今作は『鏡よ鏡、毒リンゴを食べたのは誰？』の続編となります。前作の刊行が二〇二〇年十一月なので、二年半ぶりくらいでしょうか。お話をいただいた時、こんなに空いて大丈夫かしら、とドキドキしてしまいました。

そんな久しぶりの『鏡よ鏡～』ですが、一作目を読んでくださった皆様のおかげで、こうして続編を書くことができました。ありがとうございます！

前回は、攻の紹惟が終始お澄ましさんだったので、この続編で受の永利への溺愛と執着を見ていただけたら嬉しいです。

イラストは前回と同じく、みずかねりょう先生にご担当いただきました。

大変なご迷惑をおかけしたにもかかわらず、新キャラの十川を含め、紹惟や永利を美しくカッコよく描いていただき、感激しております。

担当様にもアドバイスや励ましをいただき、どうにかこのあとがきまでこぎつけることができました。

みずかね先生や担当様、その他の方々にも大変お世話になりました。この場を借りて感謝を申し上げます。

そして、あとがきまでお付き合いくださいました読者様、ありがとうございました。

空気を読まない新キャラに乱される紹惟と永利のカップルを、少しでも楽しんでいただけたら幸いです。

それでは、またどこかでお会いできますように。

小中大豆

この本を読んでのご意見、ご感想を編集部までお寄せください。

《あて先》〒141-8202 東京都品川区上大崎3-1-1 徳間書店 キャラ編集部気付
「鏡よ鏡、お城に隠れているのは誰？」係

【読者アンケートフォーム】
QRコードより作品の感想・アンケートをお送り頂けます。
Chara公式サイト http://www.chara-info.net/

■初出一覧
鏡よ鏡、お城に隠れているのは誰？……書き下ろし

2023年6月30日　初刷

著　者　小中大豆
発行者　松下俊也
発行所　株式会社徳間書店
〒141-8202　東京都品川区上大崎3-1-1
電話　049-293-5521（販売部）
03-5403-4348（編集部）
振替　00140-0-44392

Chara
鏡よ鏡、お城に隠れているのは誰？
……【キャラ文庫】

印刷・製本　株式会社広済堂ネクスト
カバー・口絵
デザイン　モンマ蚕（ムシカゴグラフィクス）

ISBN978-4-19-901102-3

小中大豆の本

好評発売中

「鏡よ鏡、毒リンゴを食べたのは誰？」

イラスト✦みずかねりょう

売れない元子役のアイドルが、一夜にしてトップモデルへ転身!?　クビ寸前の永《えい》利《り》を抜擢したのは、完璧主義の天才写真家・紹惟《しょうい》。彼のモデルは代々『ミューズ』と呼ばれ、撮影中は一心に紹惟の寵愛を受ける。求めれば抱いてくれるけれど、冷静な態度は崩さず、想いには応えてくれない。深入りして、疎まれるのは嫌だ…。そんな思いを抱えたまま、十年――。恐れていた、新しいミューズが現われて…!?

小中大豆の本

好評発売中

「行き倒れの黒狼拾いました」

イラスト✦麻々原絵里依

垢じみて小汚い狼の獣人が、食い逃げしようとしたらしい!?　退屈しのぎと好奇心で、助けてやった老舗大店の若旦那・夢路《ゆめじ》。天性の商才と勘を持つ夢路は、磨けば光る逸材のクロに一目惚れ。「行くところがないなら、私の下で働いてみないか？」夢路の美貌に見惚れ、一晩誘ったら夢中で貪るひたむきさと若さが、新鮮で心地よい。けれど、元は裕福な出自らしい男前は、夜中に時折魘されていて…!?

小中大豆の本

好評発売中

「気難しい王子に捧げる寓話」

イラスト✦笠井あゆみ

「薔薇の聖痕」を持つ王子は、伝説の英雄王の生まれ変わり——。国中の期待を背負って甘やかされ、すっかり我儘で怠惰な暴君に育ったエセル。王宮内で孤立する彼の唯一の味方は、かつての小姓で、若き子爵のオズワルドだけ。宰相の地位を狙う野心家は、政務の傍ら日参しては甘い言葉を囁いてくれる。そんな睦言にしか耳を貸さないエセルの前に、ある日預言者のような謎めいた老人が現れて!?

小中大豆の本

好評発売中

［キャラ文庫アンソロジーⅣ 瑪瑙］

カバーイラスト✦円陣闇丸

「気難しい王子に捧げる寓話」番外編『鏡の未来のその先へ』若き国王を支える有能で忠実な家臣たち――けれど一人、王を値踏みする不遜な男がいて!?

■「DEADLOCK」英田サキ（イラスト／高階 佑）■「氷雪の王子と神の心臓」尾上与一（イラスト／yoco）■「呪われた黒獅子王の小さな花嫁」月東 湊（イラスト／円陣闇丸）■「気難しい王子に捧げる寓話」小中大豆（イラスト／笠井あゆみ）■「パブリックスクール」樋口美沙緒（イラスト／yoco）■「不浄の回廊」夜光 花（イラスト／小山田あみ） 計6作品を収録。